La Malédiction de la Madone

DU MÊME AUTEUR

Romans et récits

L'Étreinte, Gallimard, 1997.
La Dernière Année, Gallimard, 1999.
Le Renoncement, Gallimard, 2001.
L'Été à Dresde, Gallimard, 2003.
Paris l'après-midi, Grasset, 2006 (prix François-Mauriac de l'Académie française).
Faux-père, Grasset, 2008.
Confession d'un timide, Grasset, 2010.
Pas son genre, Grasset, 2011.
La Femme infidèle, Grasset, 2013 (prix Jean-Freustié).
Une idée de l'enfer, Grasset, 2015.
La Fille à la voiture rouge, Grasset, 2017.
Un matin d'hiver, Grasset, 2019.

Essais

Défense de Narcisse (suivie d'un entretien avec Serge Doubrovsky), Grasset, 2005.
Retours à Hugo (photographies de Jean-Luc Chapin), Confluences, 2005.
L'Autofiction en théorie (suivie de deux entretiens avec Philippe Sollers et Philippe Lejeune), Éditions de la Transparence, 2009.
Dans le séjour des corps. Essai sur Marguerite Duras, Éditions de la Transparence, collection « Essais d'esthétique », 2010.
É*loge de l'arrogance*, Éditions du Rocher, 2012.
Le donjuanisme est un humanisme (préface du *Dom Juan* de Molière), Hatier, 2009.
Dit-il. D'après L'Été 80 de Marguerite Duras, Cécile Defaut, 2011.
« Le paradoxe de l'écrivain », *in Philippe Vilain ou la dialectique des genres* (sous la direction d'Arnaud Schmitt et de Philippe Weigel), Orizons, collection « Universités/Comparaisons », 2015.
La Littérature sans idéal, Grasset, 2016.
Je ne sais qu'écrire, Stilus, 2019.
La Passion d'Orphée, Grasset, 2020.
Mille Couleurs de Naples, Stilus, 2020.
Moderne Pasolini (préface de *Tutto Pasolini*), Gremese, 2022.

Philippe Vilain

La Malédiction de la Madone

roman

Robert Laffont

ISBN : 978-2-221-26597-0
Dépôt légal : août 2022
Éditions Robert Laffont – 92, avenue de France, 75013 Paris

À Marina

« Par moments, ces mafieux me paraissent les seuls êtres rationnels dans un monde peuplé de fous. [...] Les hommes d'honneur ne sont ni diaboliques ni schizophrènes. [...] Ce sont des hommes comme nous. La tendance du monde occidental, en particulier européen, a été celle d'exorciser le mal en le projetant sur des ethnies et des comportements qui nous paraissent différents des nôtres. Mais si nous voulons combattre efficacement la mafia, nous ne devons pas la transformer en un monstre ni penser qu'elle est une pieuvre ou un cancer. Nous devons reconnaître qu'elle nous ressemble. »

Giovanni Falcone

1.

Pupetta, on la surnommait ainsi pour les traits délicats de son visage, dont les pommettes hautes, les lèvres montées en forme de cerise, le teint de porcelaine, si rare chez les Napolitains, contrastant avec le brun de sa crinière, et l'impassible expression de ses grands yeux noirs rappelaient le visage d'une poupée. Elle était la fille d'un dangereux contrebandier, Vincenzo Maresca dit le Comptable, mais aussi la nièce de Luigi Maresca, condamné à sept ans de prison pour l'homicide d'un prêtre, et la cousine de nombreux délinquants : son pédigrée à lui seul constituait déjà un chef d'accusation. Sa jeunesse ne fut ni heureuse ni malheureuse, dominée par les frasques d'un père autoritaire et impérieux, qui, entre infractions, emprisonnement et cavale, avait profité du marché noir pour s'adjuger un commerce, une pâtisserie qu'il avait rénovée et dans laquelle il faisait travailler sa parentèle, mais qui n'avait pas prospéré. Ce père si bourru, qui dormait parfois en prison, Pupetta l'aimait malgré tout, elle avait même pour lui de l'admiration, sachant que la famille, tout en vivant modestement, avait gagné le respect. Comme tous les Napolitains, la fille Maresca avait l'orgueil de son nom.

Éduquée à la dure avec la religion pour guide, elle n'oubliait jamais de se signer quand elle passait devant une église, d'un geste machinal, sans interrompre sa marche ou sa conversation. Elle n'était ni bigote ni observante, mais croyait en la Madone (dont elle disait entendre la voix), cette force supérieure qu'elle n'aurait pas su définir. Elle allumait régulièrement une bougie devant une statue de la Madone, celle qui, paraît-il, fait des miracles, avant de prier pour ses grands-parents, ses parents, ses frères, ses oncles et tantes, ses cousins et cousines, et, à la fin, pour elle-même. Elle priait sans ostentation, sans rien murmurer, sans rien ânonner, sans parvenir non plus à se sentir possédée comme sa mère, si pieuse, raide devant Dieu, qui, pendant la messe du dimanche, yeux fermés et mains jointes, nerveuse, dévidait avec frénésie des prières et des psaumes.

Pupetta n'était ni insolente ni effrontée, même si son caractère impétueux pouvait le laisser penser. Ainsi, lorsqu'une enseignante, un jour, lui demanda le métier de son père, elle répondit, par une provocation qui fit rire tout le monde, qu'il était un « camorriste », comme si c'était là une profession ordinaire ou un titre de gloire. Quand on naît à Naples, on ne tient pas de tels propos, puisque tout le monde *sait*. Au lycée, elle côtoyait les fils du boss Giuseppe Matteo, et on lui fichait la paix. Plus instruite que ses camarades, elle, qui avait la curiosité de connaître, le goût des mots, le sens de la repartie, prenait la défense des *scugnizzi*, souvent analphabètes, de petits durs au grand cœur qui lui apprenaient les règles de la rue et la traitaient ainsi qu'une autre sœur. Elle était la seule à ne pas se moquer de leurs défauts de prononciation, à ne pas rire de leur élocution heurtée, ni des notes catastrophiques qu'ils obtenaient. Elle était l'une des leurs. Au point d'être impliquée dans une bagarre et d'agresser une camarade, dont les parents porteraient plainte pour « coups et blessures », avant de la retirer, par crainte des représailles.

Du haut de ses dix-huit ans, après avoir obtenu le certificat d'études – ce qui lui offrait le rang de seule diplômée de la famille –, Pupetta ne savait pas ce qu'elle ferait de sa vie, sinon qu'elle ne poursuivrait pas sa scolarité. Maresca ne le souhaitait pas, il n'y avait d'ailleurs jamais songé, destinant sa fille à reprendre la pâtisserie. Impliquer le plus tôt possible les enfants dans l'entreprise familiale n'est pas seulement l'occasion de transmettre une profession et un capital à ses héritiers, mais surtout l'assurance de ne pas être trahi. Même pour un modeste revenu, la pâtisserie permettait de vivre. L'affaire aurait pu devenir plus lucrative si Maresca avait consenti à davantage de sacrifices, mais il n'avait pas la vocation. Ce choix de vivre des gâteaux avait surpris tout le monde, au début : on s'était demandé pourquoi lui, qui ne connaissait pas le métier, s'était lancé dans une telle aventure. En réalité, il avait profité d'une opportunité en rachetant ce commerce au rabais, pour quelques milliers de lires, à un propriétaire ruiné par la guerre. Au reste, lui ne faisait rien dans la pâtisserie, sinon diriger, superviser, commander et ramasser la recette à la fin de la journée. Tout entière sa vie était d'ailleurs consacrée à l'argent, à en gagner, peu importe comment. C'était au fond sa seule vraie passion. Sans investir dans sa boutique dont les murs se craquelaient, il épargnait, ne s'accordait aucun plaisir, s'habillait de la même façon chaque jour et ne dépensait aucune lire dans les distractions. « L'argent, ça se gagne », répétait-il, quand bien même il devait ses gains à ses combines plus qu'à son travail. Sa radinerie l'empêchait d'évoluer dans la hiérarchie camorriste, d'être autre chose qu'un vulgaire contrebandier, car pour avoir l'étoffe d'un vrai *guappo*, il fallait être généreux, prodigue, au moins pour régaler le tout-venant, savoir perdre pour gagner. Maresca le Comptable, lui, n'était ni joueur ni magnanime, mais économe, il conservait une caisse noire pour les faux frais de la corruption, et quel spectacle c'était de le voir, en fin de journée, manipuler les liasses de billets, les recompter avec la gourmandise avide de l'homme qui a manqué d'argent et qui s'étonne de sa modique fortune. La légende du quartier voulait qu'il cachât un trésor dans sa cave : selon elle, c'était pour cela qu'il ne quittait jamais sa maison.

Pupetta ne se montrait pas trop regardante quand elle aidait son père à rédiger la comptabilité, quand elle l'observait gonfler les dépenses et soustraire les recettes journalières : cette pratique l'amusait. Elle n'en disait rien. Ce qui l'inquiétait surtout, c'étaient les mentions suspectes, inscrites en caractères minuscules, dans les marges des grands cahiers comptables, pour lesquelles elle n'osait pas demander d'explications. Il s'agissait d'une mystérieuse liste de noms de débiteurs et d'abréviations, comme PU, FP et CO, respectivement «*Puttana*», «*Figlio di puttana*» et «*Cornuto*», désignant l'argent que son père avait dû verser à des policiers pour éviter les contrôles fiscaux, à des vigiles pour assurer sa protection, à des juges pour enterrer de vieilles histoires. Il y avait également une liste de faux frais, pour des fleurs, des chemises, des chaussures et des costumes, et diverses funérailles : «*Sepoltura* Capacchione», «*Sepoltura* Bovo», «*Sepoltura* Bassano». On ne connaissait pas de cadavres à Maresca, mais il se pouvait qu'il en eût sur la conscience et que son réseau d'influences lui donnât la possibilité de s'associer à quelques commandements; peut-être avait-il le pouvoir de disposer lointainement de vies sans tuer, peut-être pouvait-il envoyer un mauvais payeur en enfer.

Mais enfin Pupetta gérait l'affaire de son mieux. Discrètement. Elle devait se réveiller à cinq heures du matin pour ouvrir la pâtisserie, lever le lourd rideau de fer, nettoyer le sol, recevoir les commandes, les déballer, préparer la caisse. Surtout, elle trouvait injuste que ses frères soient exonérés de toutes ces corvées et qu'ils aient la permission d'arriver au travail à neuf heures. Pourquoi n'avait-elle pas les mêmes droits qu'eux? Simplement parce qu'elle était une femme? Son père ne se justifiait pas : c'était ainsi, voilà tout, il était inutile de protester. Que la vie soit injuste, il lui aurait volontiers donné raison, il le savait mieux que quiconque, lui qui s'était extirpé seul de la misère. L'injustice, il l'avait éprouvée quand il avait dû travailler jeune aux abattoirs, quand il s'esquintait les mains à couper de la viande gelée dans des chambres froides, toutes ses blessures dont il n'avait jamais cru bon de parler; comme la plupart des trafiquants, c'était par nécessité, pour échapper à la misère et éviter de trimer pour trois lires en usine, qu'il avait modifié ses plans de carrière au sortir de la guerre et fini par s'orienter vers la contrebande. Entre la pénibilité d'une activité peu rémunérée et la dangerosité bien tarifée d'une autre, son choix était tout fait. Pupetta savait que, comparée à l'expérience de son père, la sienne était privilégiée.

Pourtant, elle n'avait le droit de rien faire, pas même de sortir sans être accompagnée d'un frère ou d'un parent. Sa vie était surveillée, épiée. Dans les quartiers, tout le monde connaît tout le monde, les rumeurs flambent vite et les filles, condamnées à avoir le mauvais rôle, passent vite pour des allumeuses, si elles parlent avec des habitants, ou pour des traînées si elles se montrent arrogantes, ou trop indifférentes, car on en déduit alors qu'elles ont des aventures ailleurs, avec des inconnus. C'est pourquoi certaines s'habillent comme des bigotes pour ne pas éveiller de désir. Il faut dire que les réputations collent à la peau, elles se font vite un nom : Maria l'Affoleuse, Rosa la Pisseuse, Dora l'Embrouille, Sofia la Frôleuse, Silvia la Bêcheuse, Cira la Chialeuse, Tina la Pousseuse pour sa tendance à pousser ses amoureux dans l'escalier. Leur liberté est contrainte. Elles n'ont que des devoirs. Elles se dévouent à leur père, à leurs frères, avant de se dévouer à leur mari ; elles doivent être de bonnes filles, de bonnes sœurs, avant de devenir de bonnes épouses et de bonnes mères. On leur apprend à valoriser les formes de leur corps, sans excès, à les suggérer sans les souligner, à se faire cuisinières, ménagères, fées du logis, lavandières, mères corvéables à merci destinées à l'élevage intensif d'une marmaille. Leur seule perspective est de réaliser un bon mariage, le plus tôt possible avec un homme argenté, un bienfaiteur, avec lequel elles fonderont une famille respectable. Se marier est la finalité de l'éducation, un signe de la réussite sociale, et les plus jeunes filles y sacrifient sans broncher ; *être amoureuse* demeure secondaire.

La seule alternative semblait être l'espoir du mariage ou la crainte de servir au purgatoire des débauchées. Quand une fille ne trouvait pas à se marier, on la suspectait d'avoir un « problème », et sa mère l'emmenait consulter, en cachette, les diseuses de bonne aventure qui pullulaient dans le vieux Naples et qui, en dépit de leur grand pouvoir et de l'aura qu'elles avaient acquise dans la population superstitieuse, ne réussissaient pas elles-mêmes à se construire un avenir reluisant, plus grand que celui qu'elles prédisaient. C'étaient toujours de petites sorcières, laides et amaigries, vêtues de noir, habillées comme des veuves sans avoir été mariées, chapeautées, souvent handicapées d'une jambe ou d'un bras, édentées ou scoliosées. Il se disait qu'elles possédaient des talents de guérisseuses et des techniques en tout genre pour conjurer le mauvais sort, éloigner le mauvais œil : il leur suffisait de pointer l'index et l'annulaire plusieurs fois vers le bas, de lancer du sel, de réaliser trois fois le signe de croix sur le front de la fille tout en récitant des mots secrets, suivis de la célèbre formule «*aglie, fravaglie e fattura ca nun quaglie, 'uocchie, maluocchie e frutticiell rind'all'uocchie, corna, bicorna e la sfortuna nun ritorna, scio scio, ciucciuè*», pour que les soucis disparaissent et que l'avenir concrétise enfin ses promesses. À tout ce folklore, composé d'amulettes et de superstitions, les filles croyaient sans y croire : au moins, il ne pouvait pas leur nuire. Le problème se posait autrement pour Pupetta. Ce n'était pas la crainte de ne pas trouver un mari qui la préoccupait, mais la crainte d'être mariée de force, d'épouser un homme que son père aurait choisi pour elle, un homme qu'elle n'aimerait pas, auquel elle devrait se contenter d'obéir.

Son destin, c'était Materdei, ce quartier dangereux de Naples planté sur la colline des Morts, tout autour du cimetière Fontanelle, et qui, par son nom même, invitait à un voyage céleste. Le chômage et la violence y régnaient. Les distractions manquaient. Il n'y avait rien à y faire, sinon quelques églises où prier et un ossuaire respectable où il était malvenu de jouer entre les tombes. C'était un dédale de ruelles sombres, où les voix et les bruits de vaisselle résonnaient, animé par un ballet incessant de paniers accrochés à une corde que les habitants faisaient descendre et monter pour se ravitailler ; des ruelles malodorantes où la nuit racolaient des cocottes, qui, le matin, empestaient l'eau savonneuse que les ménagères déversaient, et, le midi, la cuisine frite échappée des *bassi*. Derrière leurs cagettes de fruits, leur étal de poissons ou de cigarettes de contrebande, de vieilles vigies veillaient, à l'image de la Viola qui soulevait de ses mains épaisses son plus beau poulpe et hurlait, fière comme si elle l'avait elle-même pêché, « *polpo, polpo* ». Viola, un phénomène, une gueuleuse de première dont les yeux louchaient, qui, ainsi qu'elle le disait, par coquetterie, aurait préféré être fleuriste pour honorer son prénom ; mais quand son mari avait hérité de la poissonnerie, elle avait dû l'aider et renoncer à ses rêves. Elle exhibait ses mains abîmées, gercées et crevassées, si belles autrefois, faites pour cueillir des roses, non pour caresser les maquereaux gluants et les poulpes visqueux.

Dans le quartier, les murs étaient décrépis, les trottoirs recouverts de papiers et les mauvaises herbes vomissaient sur la chaussée bosselée dont les parties mal goudronnées fondaient comme *un gelato*, sans parler des places majestueuses mangées par des détritus de toutes sortes. Même les rigoles des fontaines à gargouilles étaient bouchées, et l'on s'était résigné à ne plus voir jaillir l'eau. Naples est horriblement belle, indécente et négligée, belle de sa saleté. La ville ne s'était pas guérie de la guerre. Avec ses chantiers ouverts, jamais achevés, elle semblait un champ de bataille infini où les civils avaient remplacé les militaires. Seules les églises, pour celles qui n'avaient pas été bombardées, restaient miraculeusement préservées de la dégradation, et les façades de marbre rose, jurant avec celles des palais délabrés, giclaient comme des joyaux sacrés au milieu de la crasse.

Les dimanches étaient l'occasion de sortir les beaux habits, les costumes, les robes, les chapeaux, les souliers vernis qu'on ne porte presque jamais, pour se montrer à la messe. C'étaient les longues discussions sur le parvis de l'église, la boutique des vertus, avant les prières à la Madone, les invocations et autres demandes de pardon. Puis on sacrifiait parfois à la photo, photo qu'il fallait souvent refaire tant les personnes assemblées avaient tendance à déborder du cadre. Les hommes traînaient au café tandis que les femmes se dépêchaient de rentrer pour préparer le déjeuner familial, car les dimanches, c'était aussi et avant tout cela, les retrouvailles, les immenses tablées entourées des grands-parents, des frères, des oncles et des cousins, des souvenirs qui faisaient rire ou donnaient la larme à l'œil. L'hiver, le fumet du ragoût, mijoté depuis le matin, se propageait dans la cage d'escalier. Les autres dimanches, on servait des festins arrosés de Lacryma Christi et de Marsala sévères qui giflaient les palais, des mozzarellas juteuses, des tomates cerises savoureuses de Piennolo, des fritures de calamars, des portions indécentes de spaghettis, le *casatiello* gonflé à bloc, la *pastiera* et des farandoles de babas gorgés de rhum, des *sfogliatelle* crémeuses et tendres, pour achever les plus vaillants mangeurs. « C'est comme ça qu'elle aura ma peau ! » disait Maresca à l'assemblée pour complimenter les talents culinaires de sa femme Titina.

Ses moments libres, Pupetta les passait avec sa cousine Anna, une brune grassouillette dont les yeux grossièrement surlignés de mascara, les robes froufroutantes de gamine et la démarche dodelinant de panthère maladroite juraient avec la délicatesse de son esprit. Sa voix rauque, les intonations chuintantes de son dialecte, sa gouaille inventive, son verbe haut écorchant les syllabes et avalant les terminaisons étaient aussi exubérants que son regard sur le monde était fin. Anna était belle de sa verve et de son originalité délurée. C'était une fille expansive, que Titina appréciait, sensible à la politesse déférente qu'elle lui manifestait. « Ah ma tante, qu'est-ce que ce chignon te va bien ! » ou « Comme cette robe te donne bonne mine ! » disait-elle, non pour la flatter et se faire bien voir d'elle, mais pour casser la distance que sa tante, intimidante et froide, mettait entre toutes les personnes. Titina, au reste, qui ne se laissait abuser par aucun compliment, éprouvait de la tendresse à recevoir ceux d'Anna, n'ignorant pas le besoin d'affection dont ceux-ci témoignaient.

Une amitié forte liait les deux cousines. Elles aimaient parler ensemble, de tout et de rien, et elles se confiaient ce qu'elles pensaient, ce qu'elles ressentaient, leurs états d'âme, leurs passions, leurs colères, avec franchise, sans se sentir jugées. Un secret plaisir les animait à simplement envisager leur avenir, la famille qu'elles formeraient, le nombre d'enfants et la grande maison qu'elles auraient, le métier qu'elles exerceraient, et elles riaient à l'idée de penser qu'aucun métier ne leur conviendrait, qu'elles n'étaient faites pour rien. Seuls la mode et le cinéma les intéressaient, la vie des vedettes surtout. Comme elles adoraient étudier l'allure des actrices paradant dans les soirées romaines au bras de personnalités, des starlettes blondasses de Cinecittà trépignant sur une piste de discothèque ou se dandinant devant la piscine d'une villa dont elles voyaient les photos dans *Momento-sera*, le magazine qu'elles empruntaient à leurs mères. Elles voulaient porter la même robe fendue que la Mangano, le même bikini que la Lollobrigida, le même foulard en soie dans les cheveux que la Magnani, pour arborer elles aussi cet air sauvage et bohémien. Actrice, voilà un métier qui sans doute leur plairait : jouer, transmettre des émotions, donner vie à des personnages, mémoriser un texte. Elles qui déjà imitaient les uns et les autres, improvisaient ou se récitaient des scènes de films, elles qui s'exerçaient à chanter, s'en sentaient le talent. Souvent, elles se mettaient à danser sur les chansons d'amour diffusées à la radio, comme *Grazie dei fior* de Nilla Pizzi ou *Malafemmena* de Mario Abbate. « Éteignez-moi ces conneries ! » disait Maresca en déboulant dans la chambre, en furie, avant de couper la radio.

Mais leur sujet de prédilection restait les garçons, et l'amour. Selon elles, il existait deux types d'hommes : « les hommes d'honneur », fidèles, fiables et courageux, et « les hommes de merde », traîtres et pleutres. Pour vérifier cette théorie, les deux filles passaient en revue ceux qu'elles connaissaient. Ainsi Gino, le beau gosse, leur paraissait un homme de merde, beau mais creux. Marco, un homme d'honneur. Et l'autre là, le pot de colle qui n'arrêtait pas de les complimenter, dont Anna ne se rappelait plus le nom, le fils du fabricant de saucissons qui ne les lâchait plus, comment s'appelait-il déjà ? En tout cas, lui, sans aucun doute, était un homme de merde. « Et Andrea ? » demanda Anna en rougissant. « Un homme de merde », selon Pupetta. Enfin, tout cela n'était qu'un jeu, et les deux cousines s'amusaient, s'emportaient, divaguaient et se laissaient pleurnicher, des cousines effrontées qui se connaissaient par cœur, se consolant et se donnant raison, trouvant dans leurs bavardages un réconfort, et dans leur silence, une solidarité face à l'adversité des familles. Ainsi riaient-elles d'avance d'imaginer leurs futurs époux, et le nom qu'elles seraient obligées de porter : Anna Caiazzo, épouse d'Andrea Caiazzo. « *Madonna*, tu parles d'un nom, ça fait penser à *cazzo* ! » Derrière leurs jeux, en apparence futiles, une forme de gravité se décelait chez ces jeunes filles, qu'elles n'avaient appris à évacuer qu'à travers de fausses minauderies.

Lorsqu'elles recevaient la permission de sortir, les deux cousines se promenaient dans les rues, effervescentes et lumineuses, de Chiaia, pour flâner devant les vitrines de mode investies par les meilleurs couturiers du monde, rêvaient de porter les mêmes tenues sensuelles et colorées, très cintrées, comme la robe corolle style New Look redessinée par Dior qui allonge les jambes, la jupe crayon ou la veste qui empoigne la taille jusqu'à l'étrangler. Dans les rues de Chiaia se retrouvaient, aux heures de la *passeggiata*, les beaux bruns en chemise blanche et les élégantes Napolitaines au visage de vestale, chevauchant fièrement une Vespa rouge, l'air inaccessible et indifférent de celles qui se savent regardées, *pin-up* élégantes, crinières relâchées, robes moulantes, exhibant leur poitrine avec fierté, juchées sur des talons hauts. Les deux cousines ne se sentaient pas à leur place dans ce quartier. Mais elles pouvaient toujours se flatter de constater que, même aussi simplement fagotées, dans leurs robes à fleurs et leurs sandales en cuir, les galants se retournaient sur leur passage et roucoulaient, pour attirer leur attention, *Dicitencello vuje*[1] :

« *Dites à votre amie que j'ai perdu le sommeil et l'enthousiasme, et que je pense sans cesse à elle, qu'elle est toute ma vie : je voulais le lui dire mais j'en suis incapable.*

---

1. Chanson du répertoire napolitain écrite en 1930, par Rodolfo Falvo et Enzo Fusco : *Dites-le-lui, vous.*

— Alors, prends un somnifère ! » répondait effrontément Pupetta, dans un grand éclat de rire.

Ce soir-là, un tribunal attendait Pupetta à son domicile, et rien qu'à voir la mine sévère de tous les jurés, ses parents et ses frères assis autour de la table, elle se savait condamnée. Le problème se prénommait Marco, un amoureux auquel Pupetta avait parlé une seule fois mais qui avait eu l'audace de lui faire parvenir des fleurs, et que ses frères étaient allés menacer. Ils en ricanaient encore en racontant à Maresca l'altercation : « Garçon, tu nous es sympathique et on veut ton bien, on te connaît, on connaît ta famille, mais notre sœur n'est pas pour toi, et c'est mieux que tu l'oublies ! C'est nous qui décidons qui elle doit aimer, tu entends ? Naples est une grande ville, regarde les autres filles. Car la prochaine fois que tu t'approches de notre sœur, on te prépare une belle couronne d'épines comme celle de Jésus-Christ ! » Ces dernières paroles firent tressaillir Pupetta, parce qu'elle savait que, si celles-ci pouvaient prêter à sourire, ses frères ne plaisantaient pas, et qu'ils n'auraient pas hésité à mettre leur menace à exécution.

« Ta fille est le déshonneur de notre famille ! » dit Maresca en s'adressant à Titina, en dialecte, parce que ses plus grandes émotions, ses plus grandes joies comme ses plus grandes colères, se prononçaient dans la langue du cœur, la seule qu'il connaissait au reste. Quand il parlait de Pupetta, il s'adressait toujours à la mère ainsi, en insistant sur le possessif :

« Voilà ce qu'a encore fait *ta* fille », « Voilà comment répond *ta* fille ! » ou « Tu as vu comment *ta* fille s'habille ? » répétait-il. Ses paroles ne cherchaient pas tant à accuser Titina d'avoir mal éduqué sa fille qu'à accuser, à travers elle, toutes les femmes du monde, fautives d'être ce qu'elles étaient, des créatures du diable, des tentatrices tout juste bonnes à éveiller le désir des hommes et à se reproduire. Lui qui vénérait sa mère plus que la Madone ne cessait pas de brocarder les autres femmes. Aucune n'obtenait son indulgence. Il aurait voulu n'avoir que des fils, pour perpétuer son nom. Mais Titina avait l'habitude de ses colères, récurrentes depuis que les garçons commençaient à s'intéresser à Pupetta, et elle avait appris à ne pas lui répondre ainsi qu'à dissimuler les mauvaises pensées qui lui traversaient l'esprit. D'ailleurs pouvait-elle contredire l'homme qui l'entretenait convenablement et lui avait fait trois beaux enfants, cet homme envers lequel elle se sentirait toujours en dette ? Sa reconnaissance achetait sa haine.

Pupetta, en revanche, n'avait pas la sagesse de sa mère ; impulsive, volcanique, toute injustice déclenchait sa fureur. Alors, comme si une espèce de démon avait pris possession d'elle, elle explosait et entrait dans des accès de colère que ses frères même, pourtant habitués aux rixes, craignaient. En quelques secondes, le temps que la fureur l'envahisse, ses sourcils se fronçaient, son regard s'assombrissait, les expressions de son visage se durcissaient et ses paroles, d'ordinaire si choisies, si contrôlées, si ordonnées, n'étaient plus qu'éruption d'injures, d'une violence qui semblait émaner d'une autre personne. Elle ne voulait pas seulement blesser, ni seulement prononcer des mots intolérables, elle voulait anéantir tous ces hommes. Et cette fois encore, la discussion s'envenima :

« Le déshonneur parce qu'un garçon m'a offert des fleurs, mais je rêve ou quoi ? Qu'est-ce que j'y peux, moi, si je plais aux garçons : je ne vais quand même pas m'enlaidir !

— C'que tu peux, répliqua Ciruzzo, le grand frère, déjà, c'est t'habiller correctement et baisser le regard quand tu te balades, voila c'que tu peux !

— Parce que toi, dit-elle, parce que toi tu t'habilles correctement, avec tes costumes de maquereau ? Parce que toi, peut-être, tu baisses le regard quand tu vois une fille ?

— Ton frère est un homme, trancha le père, c'est pas la même chose !

— Et moi, je n'ai pas le droit de m'habiller comme je veux, je n'ai pas le droit de sortir et de parler à qui je veux. Fille, oui, je suis une fille, mais une putain, non, et c'est votre problème si vous me voyez comme ça ! Alors, écoutez-moi bien, vous tous, je fais et ferai ce qui me plaît, et ce n'est pas vous qui déciderez à ma place avec quel homme je me marierai, vous avez compris, j'espère ?

— Avec un serveur ? siffla Ciruzzo un tantinet moqueur. Laisse-moi rire. Toi, Pupetta Maresca, tu te marierais avec un serveur ?

— Et pourquoi pas ? Parce que toi qui n'as jamais travaillé, tu te crois mieux qu'un serveur ?

— Dans quel monde tu vis, ma pauvre ? renchérit Mario. C'est tes magazines à la con qui te tournent la tête ?

— Toi, l'analphabète, tu n'as pas de leçon à me donner !

— Ne sois pas insolente, tonna le père, et ne salis pas le nom des Maresca, sinon je te gifle ! Tu nous fais déjà assez honte ! »

Titina suivit sa fille dans sa chambre pour la consoler, mais ses paroles d'apaisement et ses conseils maternels, maladroits (« Ton père t'aime, tu sais, il dit tout ça pour ton bien. Tu dois l'écouter si tu veux trouver un bon mari ! ») ne pouvaient toucher son esprit rebelle. Tout juste suscitaient-ils de la compassion pour cette mère complice de cet homme tyrannique. Sa mère n'avait pas quarante ans, mais elle en paraissait déjà cinquante. Sa mine contrainte avait fait oublier les charmantes expressions de son visage. Ses traits étaient ceux d'une femme épuisée, et sa peau, talquée par endroits, semblait n'avoir jamais vu la lumière, comme racornie à force de fuir l'éclat du jour. Son nez recourbé s'inclinait sur des lèvres minces et rentrées qui, les rares fois où elle souriait, dévoilaient des gencives violacées, altérées par la perte d'une canine. Mais, sans doute, n'avait-elle jamais eu l'air jeune dans ses corsages étriqués, ses jupons de laine tricotée, avec ses jambes variqueuses et potelées, enfilées dans des bas de coton noir tue-l'amour. Son dévouement avait fini par l'éteindre. Elle n'avait jamais eu vraiment de vie, et ce qu'il en restait ne s'égayait que des histoires des autres, des commérages de voisines. Entre sa vie et celle d'une prisonnière, on ne trouvait guère de dissemblances.

« À ton époque, peut-être que c'était encore ainsi, dit Pupetta en fixant sa mère, peut-être qu'on choisissait pour toi, mais aujourd'hui c'est différent, et moi, je suis différente.

— Ma petite, tout ça, c'est des beaux discours, n'oublie pas que tu appartiens à la famille Maresca et que c'est pas toi qui décides ! »

Que son père menace de la conduire en pension, qu'il l'empêche de sortir, qu'il la punisse pendant plusieurs jours, en l'enfermant dans sa chambre au régime de pain sec, ou qu'il ordonne à ses frères de lui couper ses longs cheveux, rien n'y ferait jamais, rien ne calmerait jamais sa fronde ! Les cheveux, d'ailleurs, elle se les couperait elle-même, façon « garçonne », pour ressembler à Sophia Loren. Il pourrait tout lui interdire s'il le souhaitait, mais jamais il ne réussirait à éteindre le feu en elle, sa vitalité débordante, son goût de la liberté. Il pourrait la raser que ses cheveux repousseraient toujours à mesure que son esprit, à lui, s'étriquerait.

2.

L'histoire de Pupetta commence à Naples, mais sa légende ne débute qu'au début de l'année 1954, lors d'un week-end de janvier au cours duquel la grande famille Maresca séjournait à Rovigliano. Pupetta avait vingt ans et n'avait jamais été aussi belle : elle avait perdu sa silhouette boulotte et son air ingrat d'adolescente, avait troqué son charme populaire pour une allure plus distinguée. Sa crinière noire ébouriffée et ses courbes harmonieuses invitaient tous les garçons, tous les Marco du monde à chanter sur son passage.

Enhardie par cette nouvelle apparence, la jeune femme s'était inscrite à un concours de beauté, l'événement de la station balnéaire. La foule s'y pressait. La musique s'emballa, une aboyeuse hurla le nom des participantes dans un microphone déchirant l'après-midi, et le défilé commença. Toute cette mise en scène, avec ces corps chancelants sur le podium, port de tête hautain, démarche en avant, épaules tombantes, une main posée sur la taille et l'autre en mouvement, Pupetta l'observait d'un œil distrait. Quand son tour vint, elle s'efforça de conserver son maintien tout en souriant de se voir dans cet accoutrement de baigneuse, un maillot de bain noir d'une seule pièce. Un spectateur la dévorait des yeux, un colosse d'une trentaine d'années, au visage grossier, mesurant près de deux mètres, dont l'élégance mafieuse ne passait pas inaperçue, avec son complet ardoise rayé fermé sur une chemise et une cravate blanches, que des immenses chaussures grises, pointues et brillantes, semblaient agrandir encore. On le considérait avec respect. C'est pourquoi lorsqu'il demanda que Pupetta soit élue Miss, il ne vint à personne l'idée saugrenue de protester. On salua même cette décision, soudain évidente pour chacun. Déjà, les journalistes s'affairaient autour de la nouvelle Miss Rovigliano, écharpe en bandoulière, tout émue. Sa photo ferait la une des journaux régionaux. Sûrement, les articles ne manqueraient pas de comparer son destin à celui de Sofia Loren, une autre Napolitaine devenue actrice renommée après avoir été élue reine de beauté. Pupetta souriait d'avance à l'idée de recevoir tous ces hommages. Comment aurait-elle pu deviner que la tragédie commençait à se profiler ?

L'homme qui avait favorisé son élection, Pasquale Simonetti, dit le Colosse, était un camorriste en pleine ascension dont le curriculum vitæ mentionnait une solide expérience dans la contrebande, ainsi que des compétences certaines dans la fusillade, le racket et les délits en tout genre – un palmarès à dormir en prison quelques années. Il avait débuté avec dévouement et fidélité comme *cumpariello*, employé à tout faire, avant de devenir un véritable *guappo*, un homme de main chargé de régenter son territoire. Mais Simonetti l'Ambitieux, désireux de gravir tous les échelons hiérarchiques de l'entreprise Camorra, ne souhaitait pas demeurer toute sa vie – d'autant que celle-ci pouvait être brève – l'âme damnée de son boss, le *mammasantissima*. Lui-même était d'ailleurs en train d'endosser l'étoffe d'un parrain de quartier, propriétaire de son secteur d'activité de racket. Une telle place, convoitée par de nombreux *guappi*, se conquiert difficilement, au péril de sa propre vie. La concurrence était rude : c'était de ces luttes intestines et de l'ambition déchirante des camorristes que résultaient les tueries et autres règlements de comptes qui défrayaient la chronique locale.

Simonetti n'avait certes pas été à l'école mais il avait l'intelligence de la rue, un grand discernement, la sagacité nécessaire pour cerner rapidement les personnalités, la ruse pour déjouer les dangers, le panache dans les fusillades impromptues, une froide lucidité devant la mort. Quand il entrait quelque part, son regard balayait la pièce, scrutait les entrées et les sorties, et dévisageait les personnes. Il excellait à sentir les situations et à déceler les mauvaises pensées de chacun; il se déplaçait avec détermination et sérénité, comme s'il savait d'avance où aller, en un mouvement maîtrisé, plein de sang-froid. Une grande assurance se dégageait de sa belle carrure, de ses épaules de boxeur, et de sa face au front large, au nez cassé et aux mâchoires carrées, de ses yeux noirs aussi, à la fois durs et rieurs, de ses lèvres charnues à faire rêver les femmes, de sa voix rugueuse qui donnait au peu de mots qu'il prononçait l'air d'une sentence. Lorsqu'il parlait, c'était cassation. Au reste, il n'était pas un ange. Nul n'ignorait qu'il terrorisait les mauvais payeurs, les amnésiques et autres oublieux de la lire, et menaçait de brûler leur commerce. Se rebeller contre lui était périlleux. On disait qu'il avait « fumé » son premier gars à l'âge où les adolescents de bonne famille lisent leurs premiers romans, mais ce n'était là qu'une légende parmi tant d'autres, et personne n'avait osé la vérifier.

Tous les Napolitains connaissaient Pasquale Simonetti, le Colosse, un *guappo* différent des autres, un *vrai*, reconnu pour sa loyauté, et qui, bien qu'il ne fût pas vieux, avait la nostalgie du temps pas si lointain où les bonnes manières étaient d'usage et le respect de la parole dominait. À l'époque, la diplomatie précédait les tirs, et les sommations devançaient les condoléances. Mais en quelques années, depuis la fin de la guerre, les choses avaient changé, et la situation était anarchique. Personne ne respectait plus personne. La Camorra s'atomisait en d'innombrables clans qui, tous, réclamaient leur territoire et leur part des juteux commerces de la contrebande. Dans un contexte où la criminalité augmentait en même temps que la misère et le chômage des quartiers, l'espoir de gagner facilement de l'argent, voire d'être riche, suscitait des vocations de tueurs.

Désormais, on flinguait à tour de bras, on tuait pour un rien; les rues s'étaient mues en champs de tir, des ball-traps extraordinaires où des quidams mouraient gratuitement. Pour être accepté par un clan ou gravir la hiérarchie, les garçons apprenaient le crime, devaient démontrer leurs aptitudes et leurs compétences, leur détermination et leur courage, et passer des examens rudimentaires parmi lesquels «le tir au pigeon». La consigne? Commettre un meurtre en tirant sur un badaud, un citoyen de hasard, histoire de s'exercer. Des crimes de ce genre se gravaient dans les mémoires. Tous les Napolitains avaient soit entendu le récit, soit été témoins de ces scènes spectaculaires d'innocents tombant en pleine rue. Tous avaient en tête l'image effrayante d'une femme achevée à bout portant de cinq balles de revolver devant un restaurant. Parfois, les cibles n'étaient ni gratuites ni choisies au hasard : une vieille rancune, le souvenir d'une tromperie ou d'une infidélité, une impolitesse, un oubli de saluer, une susceptibilité à fleur de peau pouvait fournir le motif opportun d'une vengeance. Les motifs importaient peu d'ailleurs, pourvu que la mort survienne au terme de l'exercice. Si pour être recruté par un clan, un tel examen de passage était indispensable, si l'on souhaitait être enfin accepté et respecté, il restait à réussir le défi le plus noble, le plus difficile aussi, une sorte d'agrégation du crime : tuer un membre de sa famille – ce qui, dans un curriculum de criminel, distinguait, constituait la preuve d'un engagement solide et révélait la sincérité absolue du candidat. Ainsi le nombre d'apprentis criminels se multipliait-il, formant de véritables gangs parés pour la guerre entre clans. Pouvoir compter sur des hommes prêts à se sacrifier afin de montrer la puissance du groupe et surtout protéger ledit groupe était fondamental.

Simonetti, lui, n'aurait jamais pu tuer un membre de sa famille, ni même un innocent de sang-froid. Il était un camorriste de la pire espèce, l'un de ces idéalistes qui ne choisissent pas la voie de la mafia par intérêt mais par conviction. Il appartenait à l'ancienne école mafieuse, celle qui avait encore des principes, et si jamais il lui était arrivé de commanditer des crimes, alors il l'avait toujours fait pour un mobile valable, non pour tuer gratuitement, pour de l'argent par exemple. Cela n'excusait rien, car un criminel demeure un criminel, mais Simonetti était un seigneur du crime, justicier et généreux ; ses principes forçaient l'estime dans le milieu mafieux où sa réputation d'*homme juste* le précédait. À la sanction définitive, il préférait la franchise d'une discussion, voire une bonne bagarre à l'ancienne, à mains nues, dans laquelle il excellait. Qui avait eu affaire à lui se souvenait de sa personnalité simple et originale, de son humanité. On pouvait toujours négocier avec lui, discuter, avant de tirer. Son habileté à convaincre était connue. Il était même courant de le voir distribuer de l'argent à ceux qu'il savait être dans le besoin. Bon catholique, il était pourtant conscient que la seule vertu ne suffit pas à obtenir le respect, et que la seule éducation viable est celle du pistolet, parce que, selon le dicton, on obtiendra toujours moins avec la simple politesse qu'avec un bon pistolet.

De drôles d'histoires circulaient sur son compte, des légendes urbaines savoureuses qui le faisaient passer pour un sentimental. Un jour, Concettina, la fille d'un de ses hommes de main, tombée enceinte d'un garçon d'une bande rivale de la Sanità, implora son aide. Le fiancé ingrat venait de se volatiliser. Elle était déshonorée.

« Comment il s'appelle ton gars, ma petite ?

— Corcione, Pasquale Corcione.

— Pasquale, il s'appelle Pasquale comme moi, en plus ! S'il est un homme, il devra se marier avec toi, autrement je l'enverrai *dormir avec les poissons* ! Alors, écoute-moi bien, Concettina, dans trois jours au plus tard, il te demandera en mariage, avec ma bénédiction », dit-il en faisant le signe de croix sur son ventre.

Dans les jours suivants, Simonetti, entouré de sa garde, fit venir le don Juan de la Sanità, Corcione en personne.

« Garçon, tu sais que nous avons le même prénom mais pas la même façon de voir la vie. Il est vrai que tous les Pasquale ne sont pas frères, mais enfin... Dis-moi, par hasard, ne connaîtrais-tu pas une certaine Concettina ? »

Corcione ne répondit pas. Son regard glissait sur ses souliers luisants.

« Eh garçon, je te parle : tu la connais ou tu la connais pas ? Tu as avalé ta langue ou quoi ? »

Il fouilla dans sa poche pour en sortir son portefeuille.

« Garçon, reprit-il, je voudrais t'offrir un cadeau. J'ai dix mille lires dans ma main, je dois les dépenser en fleurs : tu préfères que j'en fasse quoi, que je les dépense pour ton mariage ou pour tes funérailles ? »

Et Corcione se maria dans le mois.

Il y avait eu aussi, au nombre de ses légendes, cet épisode fameux, relaté dans les gazettes napolitaines, sur l'hippodrome d'Agnano où Simonetti avait abordé le boss italo-américain Lucky Luciano pour avoir l'honneur de parier avec lui. Luciano, revenu vivre à Naples depuis quelques années, avait perdu son prestige d'antan et ne ressemblait plus au rayonnant roi du narcotrafic qu'il avait été. Engoncé comme il l'était dans son long manteau noir, qui le rapetissait et accentuait sa forme rondelette, dissimulé derrière ses lunettes de soleil et sous son Borsalino, cigare aux lèvres, il avait plutôt l'air d'un dentiste à la retraite, un bon père de famille donnant le bras à sa fille, quoique cette fille blonde, Igea Lissoni, danseuse milanaise de vingt ans sa cadette, fût en l'occurrence sa femme. L'arrogance n'avait toutefois pas quitté ce chef vieillissant, c'était même la seule chose en lui qui pouvait encore intimider. « Je joue toujours seul mon ami ! » dit-il en balayant d'un revers de main la proposition comme il aurait chassé une mouche. Ce ne fut pas tant ce refus qui blessa Simonetti que la manière de supériorité avec laquelle Luciano l'avait traité, sa façon dédaigneuse de décliner son invitation. Alors, Simonetti se posta devant l'ex-roi de la mafia et, sans lui parler, sans regarder ses hommes de main, lui donna une gifle mémorable, une gifle si forte qu'elle lui cassa ses lunettes. Tel incident augure souvent une belle fusillade, mais cette fois, il ne se passa rien. La foule resta médusée. Luciano retint ses hommes d'intervenir, se baissa calmement pour ramasser ses verres, les mit dans un mouchoir et s'en alla. Le soir, regrettant son geste, Simonetti envoya ses hommes devant la luxueuse villa du mafieux, au 484 de la via Tasso, pour présenter ses excuses, mais ce dernier, qui souhaitait rester discret par crainte de l'extradition, dédramatisa cet incident qui, dans le même temps, accrut la notoriété de Simonetti.

Ce n'était pas uniquement le prestige de Simonetti qui séduisait Pupetta, mais aussi et surtout son charisme, son autorité tranquille et son caractère taciturne. Il parlait peu. Son regard bienveillant adoucissait la brutalité de son caractère. Pupetta aimait les taiseux, sans doute parce qu'elle savait le pouvoir maléfique des mots, et les mensonges qu'ils produisent. Non seulement le caractère taciturne de Simonetti ne la dérangeait pas, mais ses silences lui paraissaient renforcer leur complicité, et c'était pour elle des moments de partage, tendres, profonds, sensuels même. Ses silences, elle les respectait, elle s'en serait voulu de les interrompre par une remarque, un caprice ou bien une question intrusive. C'était dans ces moments qu'elle prenait conscience des sentiments qu'elle avait pour lui, cet homme à la douceur virile, ténébreux, galant et flegmatique, qui avait surgi dans sa vie comme un prince, que tout le monde nommait «don Pasquale» mais qu'elle appelait simplement «*amo*».

Leur liaison dura clandestinement quelques semaines, mais le quartier commençait à jaser et les commérages inquiétaient Pupetta. Tôt ou tard, les Maresca l'apprendraient, quoique ce fût sans doute déjà fait. Si cela n'avait tenu qu'à elle, si elle n'avait pas craint le jugement de son père, Pupetta aurait révélé cette relation depuis le début. C'est pourquoi elle mit d'abord sa mère dans la confidence.

Le soir même, au moment de se coucher, Titina attendit d'être dans l'obscurité pour s'exprimer. Elle agissait toujours de la sorte quand elle devait annoncer des nouvelles fâcheuses à Maresca, pour ne pas croiser son regard assassin.

«Tu sais, Vincenzo, cette fois, je crois que notre Pupetta est amoureuse.

— Encooooore?

— C'est de son âge, non?

— Amoureuse de qui, d'abord?

— D'un certain Pasquale.

— Pasquale? Le boucher? dit-il avec crainte.

— Non.

— Ah, Pasquale le professeur, alors? ajouta-t-il, rassuré.

— Non plus.

— Pasquale, Pasquale, Pasquale, fit-il en comptant dans sa mémoire tous les Pasquale de sa connaissance, et il en connaissait tant, des Pasquale, que tous les hommes semblaient désormais se prénommer ainsi. Enfin, ne m'dis pas que c'est l'Pasquale dont parlent les journaux ?

— Ben, si !

— Mais dis-moi que je rêve, dis-moi ce que j'ai fait à ton bon Dieu pour que ma fille s'amourache d'un gangster pareil ? Un gangster de Forcella en plus, le pire du pire…

— T'inquiète pas pour ta pâtisserie, Simonetti vient te voler ta fille, pas tes gâteaux ! »

3.

C'est le début de la *storia meravigliosa*. Avant de se marier, un homme devait courtiser la femme aimée et se faire accepter par le chef de famille. Chaque jour, Simonetti passait à l'appartement des Maresca. Il n'écrivait pas de lettres enflammées à Pupetta, la complimentait peu, mais tout, dans son attitude et ses attentions, jusqu'aux énormes bouquets de fleurs offerts à Titina, était amoureux. «*Ma sei pazzo!*» disait Pupetta. L'insouciance des fiancés enchantait. Ils avaient tous les deux une telle complicité, une telle impatience à se retrouver. Déjà, ils évoquaient leur futur appartement, leur voyage de noces, la fête de leur mariage. Et comme il en imposait Simonetti, comme il présentait bien dans son élégant costume sombre en tweed rayé, avec ses bretelles, son Borsalino, parfois une écharpe en soie, ses cheveux gominés, tenus au Pento, et sa raie de côté parfaitement dessinée! Ainsi accoutré, il rappelait les grands noms de la mafia, les Al Capone et autres honnêtes hommes du genre. Souvent, Simonetti invitait la famille Maresca dans les meilleurs restaurants de la ville, pour montrer ses intentions, son pouvoir, son capital aussi. En amour, les sentiments les plus vertueux sont louables mais ils ne suffiront pas à convaincre un chef de famille, qui donnera sa préférence au prétendant le plus argenté, brodant pour excuser les vices d'un bon parti et inventer des disgrâces à un mauvais. Les manières sociables de Simonetti, sa courtoisie et sa prodigalité séduisaient. Et puis, on le reconnaissait partout dans Naples, sa réputation inspirait le respect, il deviendrait bientôt le parrain de Forcella, un *mammasantissima* ; cela sécurisait Maresca tout en intéressant ses propres affaires. Grâce à l'union de leurs familles, Materdei et Forcella oublieraient les vieilles querelles de quartier. Seule Titina n'était pas favorable à cette union. Non qu'elle n'aimât pas Simonetti ou qu'elle voulût empêcher le mariage, mais elle qui avait partagé la vie chaotique d'un trafiquant savait que partager celle d'un parrain finirait par faire souffrir sa fille, voire par lui causer des problèmes.

Le dimanche, ils allaient à la messe ensemble. Aucun mafieux n'est athée. Tous sont nés avec la religion, tous ont communié, tous sont baptisés, tous prient, tous se signent en passant devant une église, participent aux rituels, assistent aux messes, au mieux par foi, au pire pour parader et se rendre légitimes au sein de leur communauté. Certains se révèlent prodigues, aidant les bonnes œuvres de la paroisse en échange de la bénédiction du bon Dieu. La misère des quartiers était si grande au sortir de la guerre que Dieu ne regardait pas trop la provenance des généreuses donations : quelques dizaines de milliers de lires réparaient les âmes, rachetaient les mauvaises consciences ou rendaient l'honneur d'un nom de famille. Être camorriste n'empêchait pas d'être catholique. Bénie par l'Église, la Camorra soutenait financièrement les familles et permettait de suspendre un temps la misère, d'offrir à tous le toit et le petit travail que la société leur refusait. Comment auraient vécu les pauvres de Naples sans leur mafia ? Qu'auraient fait les chômeurs sans ces aides providentielles, sinon mettre la ville à feu et à sang ? Simonetti et Maresca, par exemple, magouilleurs extraits de la misère, qu'auraient-ils pu espérer de leur vie sinon zoner dans leur quartier et abîmer leur santé sur des chaînes d'usine ? À quoi pouvaient-ils aspirer si ce n'est à demeurer pauvres et à subir l'injustice de leur naissance ? D'ailleurs, étaient-ils si différents de tous ces héritiers, devenus hommes d'affaires, qui avaient illégalement spéculé sur les ruines de la guerre pour monter leur entreprise et acquérir des biens immobiliers, tous ceux-là qui s'étaient scandaleusement enrichis ? Au moins, Maresca et Simonetti s'étaient construits sans l'aide de personne comme tous ces pécheurs du petit peuple que la *malavita* corrompt. Voilà comment raisonnait Pupetta, voilà ce qu'elle avait appris à penser, voilà aussi pourquoi elle priait.

Après la messe, quand les repas s'étiraient, on laissait les hommes discuter ensemble. Que pouvait donc bien dire le Comptable au Colosse ? En réalité, ils ne parlaient ni de l'actualité, ni de politique, ni des événements et des guerres sévissant dans le monde, ni des fascismes qui gagnaient le pays, ni du colonialisme de leur patrie. Tout cela était trop éloigné de leur existence pour les intéresser, ils avaient déjà assez de soucis avec leurs propres affaires.

« Ne vous inquiétez pas, don Vincenzo, je m'occupe de tout, je lui ferai une offre.

— Tu crois qu'il acceptera ?

— Vous savez, quand on ouvre une valise pleine de lires, les gens regardent à plusieurs fois !

— Dieu t'entende ! » dit Maresca en se signant discrètement et en levant rapidement les yeux au plafond qui lui barrait le ciel.

Ce n'étaient pas des hommes bavards, mais ils se comprenaient à coups de sous-entendus, qui donnaient tout leur sens à leurs phrases inachevées. Même leur grammaire était de contrebande.

Maresca fermait les yeux sur les quelques escapades nocturnes de sa fille.

«Je vous ramène Pupetta avant minuit, don Vincenzo, vous pouvez avoir confiance en moi !

— Sinon, ce sera la guerre ! répondit Maresca d'un large sourire.

— Je n'entamerai jamais une guerre que je ne suis pas en mesure de gagner : vous le savez bien. Contre un père, un gendre n'a aucune chance !

— Voilà de sages paroles ! » dit-il, amusé.

« C'est un homme bien, ton père ! » avait confié Simonetti tandis que l'automobile démarrait, le sourire accroché aux lèvres. Même s'il connaissait la mauvaise réputation de Maresca et son caractère autoritaire, même s'il avait eu vent des méfaits qu'il avait commis, Simonetti le comprenait. Lui aussi avait souffert de la misère, lui aussi s'en était sorti seul ; d'une certaine manière, il était le même genre d'homme, peut-être plus romantique et plus généreux.

Certains soirs, Simonetti emmenait Pupetta dîner avec des amis de Forcella, Antonio Esposito, Giovannino, Nello et Peppino, des amis avec lesquels il avait grandi et qu'il considérait comme ses frères. Le champagne coulait à flots – le meilleur, le français, celui qu'on exportait. On voulait manifester aux autres tables qu'on s'offrait le breuvage le plus coûteux, et si une table commandait trois bouteilles, on en commandait cinq, quitte à ne pas les boire. Le chic. Un engrenage qui engendrait de folles dépenses. On ne comptait pas les lires, et si jamais on les comptait, il ne fallait surtout pas que ce soit ostensible.

D'autres soirs, au lieu d'aller dîner, Simonetti conduisait directement Pupetta sur les hauteurs de la ville, près du parc Virgiliano, que les Napolitains baptisaient le « parc des amoureux », où s'agglutinaient les automobiles aux vitres recouvertes de cartons, pour n'être vu de personne. On entendait les voitures crier dans la nuit, sous les étoiles scintillantes. À cette heure, la moiteur de l'air se mêlait à l'odeur puissante de la sève. Ce n'était pas très confortable de flirter mais le désir faisait oublier à Pupetta la douleur des contorsions et le risible des acrobaties. Les caresses expertes de Simonetti l'enivraient de plaisir jusqu'à pétrifier son visage pourpre, la bouche entrouverte sur un soupir d'extase. Comme elle aimait cette ivresse-là, l'abandon total de son corps. Elle n'avait pas peur de ce colosse, de ce qu'il pourrait faire d'elle, elle avait simplement peur d'elle-même. Ces jeux érotiques, en attisant la violence de ses ardeurs, lui procuraient les effets d'une drogue puissante qui abolissait en elle toute pensée. Vidée d'elle-même, elle glissait dans un drôle d'état, qui n'était pas si différent de l'état de fureur qu'elle éprouvait dans les disputes, au cours desquelles, de la même façon, elle ne se reconnaissait plus. Jamais elle n'avait fait l'amour, mais ces caresses lui donnaient déjà une idée de la femme qu'elle pourrait devenir si Simonetti décidait d'aller plus loin. Ce soir-là, tout son corps avait envie, de se satisfaire et d'appartenir à un homme, elle se sentait incapable de résister. Son puissant désir prescrivait ses dernières peurs.

Sur le chemin du retour, en descendant vers Materdei, où se nouent et dénouent les routes accrochées sur la colline, l'air était lourd, orageux, et le silence ajoutait à l'impression de rouler dans une cité inhabitée. Seules quelques Vespa semblaient égarées dans la nuit. Ce trajet était si beau, la béance de l'obscurité enguirlandée de lumières. Simonetti ne disait rien, il paraissait traverser son royaume. Pupetta non plus ne disait rien, son cœur chantait sans bruit. Elle observait de loin cette ville où elle avait grandi, se revoyant des années auparavant et se demandant ce qui subsistait de la jeune fille qu'elle était ; là, dans cette automobile, tout imprégnée de l'odeur de son homme, elle avait le sentiment que quelque chose se décrochait en elle, qu'elle aurait eu du mal à définir mais qui la faisait se sentir étrangère à tout ce qu'elle avait vécu jusque-là. Et elle n'avait pas honte de son acte, elle n'éprouvait aucune culpabilité, quand bien même elle s'inquiétait de rentrer en retard, après minuit, des excuses qu'elle devrait fournir, des mensonges qu'elle devrait inventer. Cette pensée gâchait le moment. Elle ne voyait plus l'heure où elle serait libérée de sa famille, où elle vivrait seule avec Simonetti, sans avoir de comptes à rendre. Elle savait qu'elle ne pourrait être vraiment une femme que loin des siens et cette perspective, avec les dangers qu'elle comportait, ne l'effrayait pas. Elle l'affrontait comme elle regardait la route, fièrement, orgueilleusement, comme elle avait affronté les premiers obstacles de sa jeunesse. Rien ne pourrait lui arriver avec Simonetti, rien ne lui semblait plus fort que cet amour-là.

L'anxiété la gagna pourtant devant son immeuble. Elle gravit d'un pas rapide l'escalier et, dans sa précipitation, fit tomber son trousseau de clefs en ouvrant la porte. L'appartement était silencieux. Elle s'efforça de ne pas réveiller ses parents même si elle se doutait qu'ils ne dormaient pas et que son père avait dû consulter sa montre à l'instant où il avait entendu la clef fourrager dans la serrure. Avant de passer dans la salle de bains, elle s'arrêta dans la cuisine, affamée, et, sans allumer la pièce, fureta dans un placard pour en extraire un morceau de pain enveloppé dans un chiffon. Quand Titina fit son apparition dans l'embrasure de la porte, Pupetta sursauta, et son cœur se mit à battre plus vite.

« Mon Dieu que tu m'as fait peur, *mamma* !

— Tout va bien, ma fille ? vérifia Titina, l'œil inquisiteur.

— Désolé de t'avoir réveillée ! dit Pupetta sans la regarder, tout en grignotant.

— Tu as encore faim ?

— Suis affamée ! Figure-toi qu'on est allés dîner chez Mattozzi, tu vois le genre de restaurant chic où ils mettent trois fois rien dans l'assiette. Franchement, ils abusent ! broda-t-elle, en s'étonnant elle-même de mentir si facilement.

— C'est l'amour qui te donne faim ! rétorqua Titina d'une formule qui voulait tout dire. Ma fille, tu te rends bien compte de ce que tu fais, j'espère ? Tu sais avec qui tu te fiances ? S'il se prend dix ans de prison, tu devras lui rester fidèle, et ce sera trop tard pour changer d'avis, tu devras lui sacrifier le reste de tes jours, tu le sais, ça, au moins ?

Rappelle-toi la fois où ton père a été en prison, tu sais combien ça a été difficile pour moi ? Mais c'est ainsi, j'ai choisi, j'accepte et j'assume. Mais toi, est-ce que tu parviendras à supporter cette situation, si par malheur il devait arriver quelque chose à ton gars ? Car c'est écrit d'avance : ou bien il ira en prison, ou bien il mourra. »

4.

Deux mois venaient de passer. Pupetta n'en revenait pas d'être amoureuse et de s'être fiancée aussi vite. C'était la première fois qu'elle se sentait aimée, la première fois qu'elle se sentait ainsi regardée par un homme, pas seulement avec désir, mais avec douceur. Elle vivait ces jours *dans les brouillards du rêve*, et elle se demandait, avec un brin d'étonnement, comment sa vie avait pu changer en si peu de temps. C'était incroyable quand elle y pensait ! Elle considérait sa chance d'avoir rencontré Simonetti et se disait que le bonheur ne tenait à rien, se remémorant sa vie avant de s'inscrire à ce fameux concours de beauté. Sans cela, en effet, rien ne serait advenu, et elle serait toujours en train de ronchonner derrière la caisse de la pâtisserie. Ce qu'elle éprouvait surtout en déroulant ce film intérieur, c'était un grand vertige comme le souffle du destin. Son amour avec Simonetti était trop beau pour ne pas avoir été écrit. Voilà, songeait-elle, l'existence n'est qu'une succession de choix, de hasards et de coïncidences, qui se réalisent malgré nous, et rien de ce qui nous arrive ne nous appartient. Même si tout cela s'était peut-être produit parce qu'elle l'avait désiré. Peut-être, oui, est-il possible que nous nous construisions ainsi, grâce à la force de nos rêves. Peut-être que croire puissamment à quelque chose, comme elle avait cru à l'amour, que nourrir son cœur de pensées positives et de vertus, permet finalement de l'accomplir un jour. La Madone, qui veille sur les bonnes âmes, avait dû la récompenser d'avoir continué à espérer, ce devait être l'explication. Cependant, il suffisait que Pupetta pense à la vie misérable ou soumise que menaient bien d'autres fidèles, bons croyants, comme sa propre mère, si serviable et si dévouée, tous ces gens qui n'avaient jamais eu la chance de réaliser leurs rêves, pour que cette idée lui paraisse aussitôt incongrue, et elle se persuadait que la croyance n'avait rien à voir là-dedans, qu'aucun destin n'était écrit. Mais alors à quoi servaient toutes ces réflexions, sinon à perdre son temps ? Que le bonheur n'ait pas d'explication la rassurait. Elle avait eu de la chance, voilà tout.

Pourtant, les semaines suivantes furent inquiètes, gâchées par la crainte de tomber enceinte. Chaque matin, elle s'éveillait avec l'espoir que ses règles reviennent, et son premier geste était de passer la main sur son ventre comme s'il avait pu s'enflammer dans la nuit, puis elle s'efforçait de refouler ses mauvaises pensées. Après tout, de tels retards se produisaient et la nature ferait son travail, avec l'aide de la Madone qu'elle implorait comme elle ne l'avait jamais fait. Seule la Madone pourrait la sauver ; il était inutile d'en parler, de demander conseil à sa mère ou de chercher le réconfort auprès d'Anna. Que diraient-elles, sinon d'attendre ?

L'idée d'être enceinte lui venait n'importe quand, et s'emparait d'elle jusqu'à lui donner envie de pleurer, de joie et de tristesse tout à la fois. Chaque jour lui apportait son lot de sentiments contradictoires : elle craignait la réaction de ses parents et de Simonetti, même si elle devinait que tous finiraient par l'accepter. Elle doutait surtout de ne pouvoir assumer des tâches maternelles et d'être incapable de s'occuper d'un enfant, mais, en même temps, et malgré ses dix-huit ans, elle devinait l'immensité de l'amour qu'elle avait à offrir. Elle ne regrettait rien, mais son imprudence l'interrogeait, tout comme l'étrangeté de ses emportements impérieux, déraisonnables, violents, qui souvent la dominaient. Certes, elle était impulsive, entière, mais un tel caractère n'expliquait pas pourquoi elle ne parvenait pas à se contrôler. Maintenant, elle ne se sentait plus si différente des filles auxquelles elle ne voulait pas ressembler, des filles de sa condition qui se laissaient engrosser par le premier garçon venu pour fuir leur famille et gagner une certaine indépendance, ou même des petites sottes romantiques, inconscientes et légères, qui ne réfléchissaient pas aux conséquences de leurs actes. Elle s'apercevait qu'elle n'avait pas agi autrement que sa mère au même âge, cette mère dont elle voulait s'affranchir et qu'elle s'était juré de ne pas prendre pour modèle. Pupetta, qui se croyait singulière, n'était-elle pas, finalement, une femme pareille aux autres, une femme commune elle aussi destinée à procréer et à se soumettre à un homme ? Mais une femme de ce milieu pouvait-elle vraiment échapper à ce destin-là ?

Un soir qu'elle flirtait dans l'automobile, elle songea un instant à se confier à Simonetti, avant de se raviser. Elle oublia. Lorsqu'elle était en présence d'autres personnes, elle avait cette faculté de mettre ses soucis en veille et de s'abandonner à la situation où elle se trouvait. Ce soir-là, le pistolet posé dans la boîte à gants attira son attention et balaya ses inquiétudes. Ses yeux ne parvenaient pas à se détacher de l'objet. Un pistolet, ce n'était pourtant pas la première fois qu'elle en voyait un, elle se souvenait de celui de son père caché dans la commode de la chambre, de celui de Ciruzzo, sous le matelas, qu'elle avait découvert en faisant le ménage, mais jamais elle n'avait été sensible à leur beauté et jamais, surtout, le désir de les toucher ne lui serait venu. Celui-ci, c'était différent. Il rutilait. Elle effleura la crosse sans oser le saisir.

« Viens », dit Simonetti en s'emparant du pistolet et en claquant la portière de l'automobile, après s'être assuré de ne voir personne dans cette partie du parc.

Son impatience trahissait son habitude. Combien de gars, peut-être de conquêtes, avait-il dû initier à ce jeu ? Le faisait-il pour montrer la confiance qu'il avait en sa fiancée et la tester ? À moins que ce ne fût par simple amour des armes ? Il vérifia une nouvelle fois que personne ne rôdait dans les parages avant de tendre le pistolet à Pupetta, canon pointé vers lui.

« Prends-le, dit-il avec autorité, allez, prends-le ! »

Pupetta saisit enfin la crosse. Le premier constat fut la lourdeur de l'objet, qui la fit d'instinct orienter le canon vers le sol. Empotée, elle ne savait pas comment placer la paume de sa main, quel doigt positionner sur la gâchette, et elle se demanda comment on pouvait bien trimballer sur soi une chose aussi lourde. Elle finit par manier l'arme correctement et par viser la mer ainsi que Simonetti le lui avait conseillé. Dans cette position de tir, avec sa robe légère et son foulard retenant ses cheveux, Simonetti ne parvenait pas à la trouver menaçante, il lui décelait même une grâce supplémentaire. Une Madone avec un pistolet, il n'en avait pas souvent vu.

« Tu es gauchère ! dit-il.

— Ça change quoi que je sois gauchère ou droitière ?

— Rien, les plus grands tueurs sont gauchers. Allez, maintenant, tire ! ricana-t-il. Pam, pam, pam !

— Non !

— Non ?

— J'veux pas !

— Tu réfléchis trop, allez, fais pas ta chochotte !

— J'veux pas, je t'ai dit. Faut arrêter avec toutes ces conneries !

— *Piccola*, fit-il en soulevant son menton, ce n'est pas possible que la femme de Pasquale Simonetti ne sache pas tenir un pistolet ou qu'elle ne veuille pas apprendre à s'en servir. Aujourd'hui, tu n'as pas envie, j'ai compris, tu as mal à la tête... Une autre fois, alors ! »

Il lui arracha l'arme avant de remonter dans l'automobile, bougon comme un enfant privé de jeu. Et il démarra dans un grand fracas. En conduisant, il se rappela le jour où les gars de Forcella l'avaient initié à l'usage du pistolet alors qu'il n'avait pas quinze ans. Dans une cave, ils avaient suspendu un Christ à une poutre afin qu'il s'exerce dessus – juste une balle, pour signifier à tous que de même qu'il tirait sur le Seigneur, il pourrait tirer sur n'importe qui si on l'exigeait de lui. Un rite de passage obligatoire pour devenir un *fratuzzo*, un petit frère. Qu'aurait fait Pupetta, se demandait-il, si on l'avait, elle aussi, obligée à faire feu sur le Christ ?

La chaleur tuante des jours de juin, on en avait perdu l'habitude. Pupetta dormait beaucoup. Elle s'isolait, se montrait peu loquace avec les siens et espaçait même ses rencontres avec Anna. Elle n'avait pas eu envie de la revoir depuis qu'elle faisait régulièrement l'amour avec Simonetti ; elle avait souhaité garder pour elle ses émotions, elle s'était refusée à lui raconter les détails de ses premières fois. Elle préférait se préserver un jardin secret et jugeait malsain de tout partager, même avec sa confidente la plus chère. Elle ne voulait pas exclure Anna de sa vie, mais lui offrir la bonne place, ni trop près ni trop loin d'elle. Maintenant qu'elle formait un couple avec

Simonetti, si elle divulguait leur intimité, si elle la livrait en pâture à la curiosité d'Anna et lui confiait sa peur d'être enceinte, elle aurait le sentiment de trahir son homme. Surtout, elle n'aurait pas supporté la moindre remarque d'Anna. Une méfiance soudaine la gagna.

Quand, un dimanche, Anna, curieuse et intriguée de ne pas recevoir de nouvelles, sonna à la porte des Maresca, Pupetta, de sa chambre, reconnut le rire démonstratif et la voix de sa cousine ; cette dernière lui apparut pour la première fois criarde, canaille et inharmonieuse. Elle se leva pour ouvrir en hâte les volets afin de ne pas montrer qu'elle se reposait.

« Alors, comme ça, tu dormais, ma vieille ! dit Anna. La *signoooraaa* fait son *sonnellino* ! »

Il n'y avait pas seulement de la familiarité dans ses propos, mais aussi, dans la façon qu'elle avait eu de prononcer distinctement « *signoooraaa* », en insistant sur chaque syllabe du mot, de donner de l'importance à ce statut, cette perfidie que l'on déguise sous le nom de l'humour. Néanmoins, Pupetta ne la remarqua pas et s'efforça de paraître aussi enjouée qu'à l'habitude, exagérant même son enthousiasme, bavardant de choses et d'autres, pour éviter de parler d'elle, en l'occurrence en faisant l'éloge de la nouvelle robe à fleurs d'Anna.

« Hein, *mamma*, qu'elle est splendide sa robe ? »

Mais Titina avait déjà filé dans une autre pièce, et les filles l'entendirent approuver de loin d'un interminable « *belllllllisssssssimmmmma* ». Anna, qui ne s'attendait pas à provoquer pareil effet, sourit, décontenancée, embarrassée que l'attention se porte ainsi sur elle, et sur cette nouvelle robe cintrée qui, certes, mettait en valeur sa poitrine et sa taille, mais à laquelle elle ne trouvait rien d'extraordinaire – sans doute parce qu'elle l'avait achetée au rabais dans une boutique de Materdei, et qu'elle avait toujours besoin de penser que seuls les vêtements de marque étaient dignes d'admiration, et qu'elle ne méritait rien de moins que le luxe.

« Vraiment ? » dit-elle en baissant la tête pour inspecter ce vêtement qui la rendait soi-disant si belle.

Elle en toucha l'étoffe au niveau de la taille et tourna une fois sur elle-même.

« C'est pourtant pas grand-chose, j't'assure !

— Si je te le dis, moi, que tu es magnifique dedans ! »

Elle fit une moue perplexe sans avoir le courage de démentir le compliment. Elle le savait, et c'était même cela le pire, ce mot gentil n'avait rien d'ironique mais, en lui assignant une beauté au rabais, il l'éloignait définitivement, pensait-elle, de l'élégance bourgeoise des beaux quartiers, de ces gravures de mode qu'elle admirait tant. Alors, elle aussi parla d'autre chose. Cette idée lui fit passer l'envie de questionner Pupetta sur son nouvel amour. D'un côté, elle aurait voulu que Pupetta l'évoque spontanément pour ne pas manifester sa curiosité, d'un autre, elle savait que ses confidences, si elle les obtenait, lui révéleraient les détails d'une passion dont elle n'avait pas l'expérience et qui, par comparaison, finirait par lui faire envie. Et, en un sens, il lui convenait peut-être mieux de ne rien savoir. C'est pourquoi elle discuta, beaucoup, de la chaleur accablante, du dernier rouge à lèvres, et, grisée par son bavardage, évoqua de nouveaux centres d'intérêt, des occupations qui l'empêchaient de venir plus souvent. Notamment, dit-elle sur le ton de la confidence, cette rencontre d'un très beau trentenaire, « d'un brun insolent », avait précisé Anna, qui l'avait abordée place dei Martiri, la place des boutiques luxueuses, et qui, prétendait-elle, insistait pour la revoir ; mais elle ne pouvait pas en dire davantage. Anna, sans cesser de parler, tordait ses doigts de façon nerveuse et balayait la pièce du regard, prenant soin de ne pas croiser celui de Pupetta. Intuitivement, et bien qu'elle n'eût à ce stade aucune preuve pour le démontrer, Pupetta ne crut pas un mot de cette histoire trop belle pour être vraie, de cette rencontre survenue durant l'unique fois où Anna était sortie seule, sans témoin. Ce qui avait mis Pupetta sur la piste d'un possible mensonge, ce n'était d'ailleurs pas tant la rencontre. Après tout, un tel événement était toujours possible dans ces quartiers aisés où les hommes, arrogants, vaniteux, gonflés d'orgueil, rassérénés par leur fortune, prenaient des libertés avec les femmes, n'hésitaient pas à les aborder et à insister pour gagner leurs faveurs. Ce n'était pas tant, non plus, qu'Anna fut autorisée à se promener seule car, exceptionnellement, et même si cela eût été peu probable, elle aurait pu être envoyée par sa mère pour faire une commission. Non, c'était autre chose, cette précision qu'Anna avait donnée quand elle avait dit de l'homme, pour le décrire, qu'il était «d'un brun insolent». C'était ce détail, digne d'une romance sentimentale, qui avait alerté Pupetta : ce détail, qui semblait destiné à *faire vrai*, dissonait dans la bouche d'Anna. Son langage, nourri de la verdeur du dialecte et de familiarités populaires, ne s'embarrassait d'ordinaire d'aucune de ces préciosités, de cette affectation fausse et désaccordée. Si tout cela avait été sincère, sans doute aurait-elle dit «un putain de brun». Mais Pupetta avait beau songer qu'elle était probablement dans l'erreur, qu'elle avait mal interprété les propos d'Anna – après tout, sa nervosité n'était elle pas une forme de pudeur? –, elle était consciente de la surprenante coïncidence que constituaient deux rencontres aussi rapprochées. Anna en avait peut-être rajouté dans son récit, en embellissant les traits de l'homme, en donnant à son histoire le ton d'une romance...? Pour autant, rien ne la faisait douter de son intuition. Sa grande sensibilité lui avait toujours permis de discerner les personnalités avec talent, et elle avait souvent démontré cette faculté à Anna, lorsqu'elles s'amusaient ensemble à imiter des membres de sa famille. Cette sensibilité, elle l'avait développée et étoffée en même temps qu'elle s'était mise à lire, en parvenant à poser des mots sur ses propres observations. Elle n'ignorait donc pas le pouvoir du langage, ses leurres et ses astuces, ses justifications et ses explications, ses précisions pour tromper. Elle savait aussi notre tendance à nous raconter des fables, à nous exagérer, notre aptitude à taire les histoires que nous vivons comme à inventer celles que la vie nous refuse. Si certaines facéties mensongères pouvaient l'attendrir, si elle pouvait en concevoir l'utilité à de rares occasions, pour se protéger de la curiosité ou déjouer la séduction d'un homme par exemple, en revanche, elle ne s'expliquait pas qu'on mente sans raison, pour le plaisir de s'agrandir par vanité. Jamais elle ne se serait permis de mentir de la sorte à sa plus chère amie : c'eût été pour elle la trahir. Ainsi, cette suspicion lui faisait-elle voir Anna avec moins de bienveillance – peut-être comme une rivale – et venait contredire ce qu'elle avait toujours pensé : qu'une amitié ne résiste pas au bonheur, et qu'il est sans doute plus facile d'être ami quand tout va mal que quand tout va bien. Et lui revenaient des paroles et des attitudes de son amie auxquelles elle n'avait jamais prêté attention, mais qui, maintenant, confirmaient son accablant soupçon. Elle songeait à l'insistance et la curiosité malsaines qu'Anna manifestait pour obtenir des détails sur sa relation avec Simonetti, et toutes les fois où Anna copiait sa façon de s'habiller, jusqu'à choisir les mêmes tissus, les mêmes couleurs, jusqu'à emprunter ses idées ou à imiter sa voix, tout cela qui l'avait amusée et lui avait toujours semblé innocent, elle en voyait désormais la perversité. Mais elle tenta de se raisonner. Dans son état, ce n'était pas le moment de s'énerver, ni de se disputer avec Anna, non seulement parce que celle-ci aurait nié, mais aussi parce que Pupetta, nerveuse et préoccupée, se sentait elle-même mauvaise juge, et, en y réfléchissant calmement, elle se disait qu'elle exagérait, que ses soupçons allaient trop loin, et qu'il était sans doute normal d'être curieux et jaloux de ses proches, et d'être influencé par eux. N'est-ce pas ainsi que se comportent les couples, qui s'habillent d'une manière identique ou soutiennent des idées semblables, à force d'être ensemble? Et ne serait-ce pas là un hommage, une preuve d'affection, plutôt qu'un signe de rivalité? D'ailleurs, Pupetta n'avait-elle pas, à son tour, emprunté quelques traits à Anna, un rien d'insolence, et une poignée de ses expressions familières? Et ses audaces dans sa façon de marcher ou de porter ses jupes, d'où lui venaient-elles sinon de son amie?

S'ensuivirent plusieurs semaines d'attente, d'attentisme, parmi les plus longues qu'elle eût jamais connues. Tous ces jours à ne rien faire, à s'extirper du lit pour aller sous la douche, à s'extirper de la chaise pour rejoindre le canapé. Toutes ces heures à tourner en rond dans l'appartement, à se lancer dans les tâches ménagères longtemps repoussées, dans les grandes lessives pour aider Titina, à javelliser les sols, les murs, et l'immeuble entier si elles avaient pu, à dépoussiérer les armoires, à décrocher les rideaux si haut placés dont le lavage avait été jusque-là si souvent reporté, à cuisiner. Le mois de juin passa ainsi, dominé par l'inquiétude. Bientôt, son état de santé se dégrada. Ses insomnies s'amplifiaient. Des nausées et un sentiment de fatigue l'envahissaient. Elle se sentait essoufflée en revenant de promenade, et monter les quatre étages lui paraissait aussi difficile que gravir le Vésuve. Ses seins commençaient à grossir et à devenir plus sensibles, voire douloureux. Des envies inhabituelles d'uriner la prenaient par surprise. Et puis, surtout, elle qui avait toujours un bon appétit, elle qui, comme le disait son père, ne se laissait pas abattre, ne mangeait plus, n'avait plus goût à rien. Sa grossesse ne faisait plus aucun doute.

Alors, elle se décida enfin à parler à sa mère.

« Ma petite maman, assieds-toi, il faut que je te dise quelque chose. Je crois..., énonça-t-elle avec un sourire tout à la fois ému et craintif, je crois bien que je suis enceinte.

— Tu crois ou tu en es sûre ? » demanda Titina sur un ton peu maternel.

Pupetta lui expliqua tout, jusqu'aux moindres symptômes. La mère prit sa fille dans ses bras, à peine émue et si peu surprise de ce qui arrivait.

« Ton Pasquale ne le sait pas, j'imagine !

— Non, mais je pense qu'il ne posera pas de problèmes. C'est un homme, il assumera.

— Occupe-toi d'lui annoncer, et moi, je me charge d'informer ton pauvre père ! Et débrouille-toi aussi pour avancer la date de ton mariage : quand on fait une bêtise, il faut la réparer. Pour une fois, on fêtera Pâques avant les Rameaux. »

5.

Jamais Simonetti ne fut plus ému que le jour où il apprit qu'il deviendrait père. Il prit Pupetta dans ses bras, pour la rassurer, mais bouleversé, empoté, lui, le Colosse, ne parvint pas à articuler de mots. Cette nouvelle renforçait son amour pour Pupetta, une femme comme il les aimait, pas une bigote à cheval sur la morale, pas une vierge effarouchée qui n'assume pas ses actes, pas une fille des bas quartiers, de celles qu'il fréquentait jadis et qui lui soutirait de l'argent, pas une écervelée capricieuse qu'il faudrait assister, pas une carriériste, mais une femme libre et déterminée, fidèle et juste, sage et passionnelle, sur laquelle il pourrait compter, une conquérante avec laquelle il serait armé pour affronter les dangers. « Pupetta est de celles-là », se dit-il. Elle serait *sa* femme.

Mais cette annonce n'était pas la seule surprise que le passé leur réservait : Simonetti, lui aussi, conservait un secret au fond de lui, une ancienne dette de justice, un délit pour vente illégale de marchandises, qu'il n'avait jamais honorée. Est-ce la crainte de déplaire à sa future épouse, de faire mauvaise figure devant elle, ou le désir de lui demeurer transparent qui le poussa à lui avouer ce crime? À moins qu'il n'eût été animé par la superstition et la volonté de commencer son mariage sur de bonnes bases? Peut-être. Pupetta n'avait pas tant d'illusions sur le genre d'existence tumultueuse qu'elle mènerait avec un mafieux, même si elle évitait d'y penser et se disait que le temps et la paternité finiraient par lui faire prendre du recul. Trop de souvenirs de son père la martyrisaient encore, comme celui de son arrestation violente quand elle avait cinq ans et de la terreur muette de sa mère; elle s'était juré de ne jamais vivre ainsi, dans le qui-vive éreintant des jours, auprès d'un homme traqué. Ce n'est pas une vie, encore moins la vie qu'une épouse désire. C'est pourquoi elle demanda à Simonetti de se livrer à la justice pour solder cette dette. Elle ne lui imposait rien bien entendu, elle le laissait libre de choisir, mais elle lui expliqua que c'était important pour elle, pour eux, de se marier en arrivant, pour ainsi dire, vierges devant Dieu. Simonetti se livra à la police le lendemain, et le jour même, il fut incarcéré.

Le trajet pour la prison de Poggioreale, ce n'était pas la première fois qu'elle l'empruntait. Elle se souvenait de ces dimanches où, en compagnie de sa mère, elle visitait son père; elle se souvenait de ces jours ordinaires où les familles endimanchées, à peine sorties de la messe, se retrouvaient au parloir.

La prison n'était pas pour elle un lieu sordide, mais constituait un autre lieu de prières, un lieu plus vivant que les autels austères des églises, un lieu plus sincère peut-être même, une sorte de purgatoire où les âmes bannies viennent se réconcilier avec le ciel. Poggioreale n'était pas si loin de Materdei, à peine trente minutes de bus, ou une bonne heure à pied. Mais la chaleur était si écrasante ces jours-là que l'idée de marcher la rebutait. Il fallait quitter les ruelles insalubres enchevêtrées sur la colline des Morts, puis traverser une partie de la Sanità avant de passer devant le palazzo San Felice, puis enfin poursuivre quinze minutes dans la même direction. Dans le bus, elle feuilletait les pages de mode d'un magazine, présentant diverses robes de mariée ; elle se demandait quel tissu, de dentelle ou du tulle, lui plaisait. Mais la tête lui tournait ainsi penchée sur son journal, et elle préférait regarder la route, ce trajet qu'elle connaissait par cœur et qui, bien des années après son père, la conduisait vers l'homme de sa vie. Pour rien au monde elle n'aurait manqué ce rendez-vous, et, sans pouvoir se l'expliquer, elle avait l'impression que cette épreuve, son dévouement, les visites auxquelles elle s'obligeait ajoutaient à son amour. Elle arrivait en avance pour tenter d'apercevoir Simonetti au loin, en train d'agiter la main à travers les barreaux de sa cellule qui donnait sur la rue, mais tous les prisonniers agitaient leurs mains pour saluer les arrivants ou signaler les belles inconnues, et les salutations se confondaient alors avec les sifflements, les rires moqueurs et des cris plus virils. Pupetta ne s'en offusquait pas; elle s'en amusait. Elle avait l'habitude. Cela faisait partie de l'ambiance. Surtout, elle aimait voir le sourire de Simonetti lorsqu'il prenait place au parloir, son sourire presque intimidé. Elle lui racontait les dernières nouvelles, les potins de famille, mais lui, Simonetti, ne parlait pas de la prison. « Tout sera bientôt fini, ne t'inquiète pas, lui disait-elle la main posée sur la vitre du parloir. Qu'est-ce que j'ai hâte de me marier et d'avoir notre enfant, tu peux pas savoir ! », et ils fermaient les yeux ensemble pour se rejoindre par-delà la vitre et les barreaux.

Ces semaines n'étaient tristes pour personne en réalité. La prison est l'occasion de retrouver des amis, parfois des proches, d'effectuer des rencontres, d'échafauder tranquillement d'autres plans, d'évaluer son pouvoir, surtout au milieu des clans. C'est un passage obligé, dont les mafieux s'enorgueillissent, qui permet de forger ou de consolider sa réputation. Simonetti, qui retrouvait là quelques-uns de ses hommes, n'était pas dépaysé. Pour un peu, il se serait senti comme en famille, puisqu'une poignée de détenus étaient ses cousins, et d'autres avaient grandi comme lui à Forcella, jusqu'au directeur même de la prison et certains matons. Cela crée des liens et donne des avantages. La cellule dont il bénéficiait était plus grande, et on lui servait de la viande au repas. Un traitement de faveur qu'il devait également à son rang dans la hiérarchie camorriste.

Le mariage fut organisé en toute hâte. Pupetta ne s'était pas représenté le travail et le tracas que demande l'organisation d'un tel événement, surtout en si peu de temps. Les préparatifs occupaient toutes ses pensées. Il fallait rédiger et envoyer les faire-part, dresser la liste des convives, procéder aux invitations : en plus des parents Maresca et Simonetti, des grands-parents, de l'arrière-grand-mère Assunta, des frères et des sœurs, il fallait donc compter les beaux-frères et les belles-sœurs, les oncles et les tantes, Ciro et Antonietta, Gennarino et Bettina, Giovanni et Filomena, Mario et Fortuna, Filippo et Marina, Claudio et Teresa, Mimmo et Annunziata, Vincenzo et Concettina, Domenico et Carmella, Gaetano et Francesca, Tommasino et Rosa, Vincenzo et Serafina, Giorgio et Emilia, Ferdinando et Gelsomina, Francesco et Cira, Agostino et Paola, Luigi et Anna-Maria, Alfredo et Assunta, Gennaro et Anita, Patricio et Marina, Matteo et Pinuccia, Pasquale et Luigina, Salvatore et Immacolata, Tommaso et Michella, Giuseppe et Elena, Gaetano et Pina ; sans oublier la quarantaine de cousins et de cousines, dont quelques-uns portaient le même prénom, ou le même surnom : ainsi le Ciro, dit Ciruzzo, de la tante Bettina, le Ciruzzo de la tante Filomena, le Ciruzzo de la tante Annunziata, le Ciruzzo de la tante Concettina, ainsi l'Annuziata, dite Nunzia, de la tante Carmella, la Nunzia de la tante Filomena, la Nunzia de la tante Marina ; ni omettre, bien sûr, les grands-oncles et les grands-tantes, les grands-cousins et les grands-cousines que, pour la plupart,

Pupetta et Pasquale ne connaissaient pas, et dont, pour certains, ils n'avaient fait qu'entendre le nom, ou croiser la silhouette au mariage d'un autre, mais qu'il eût été impensable de ne pas inviter. Une telle liste prenait vite des proportions démesurées. Il fallait également élire une église, rencontrer le prêtre qui célébrerait le mariage et la chorale pour sélectionner ensemble les musiques, les chants et les lectures. Elle n'avait pas lu la Bible, mais elle savait des psaumes et des passages des Évangiles par cœur, ceux qu'elle avait appris durant son catéchisme, ceux qu'elle entendait quand elle accompagnait sa mère à la messe, mais qui n'étaient pas appropriés pour une telle cérémonie. On lui demandait maintenant de choisir entre les psaumes, les Évangiles, et des extraits de la Genèse : elle laissa Titina s'en charger.

Ce n'était pas fini. L'autre grande préoccupation était de trouver une robe de mariée. Sa mère l'accompagna dans les boutiques cossues du Vomero et de Chiaia dont le savoir-faire dans la fabrication des vêtements prestigieux de mariage était réputé. Titina, qui palpait les tissus et inspectait chaque pli des robes, avait toujours quelque chose à redire, quand ce n'était pas son regard désapprobateur et sa grimace qui parlaient à sa place. Et il fallait voir son exaspération lorsque la vendeuse, hautaine et dressée à l'exercice, après avoir rappelé l'histoire de la maison Rubinacci, récitait sa leçon en se lançant dans une explication doctorale sur la variété des étoffes, les propriétés du tulle et les différentes teintes.

« Et pour la couleur, vous ne vous êtes toujours pas décidée, Mademoiselle ? demanda la vendeuse. Nous vous proposons toute une gamme de blancs, notamment, et je vous le conseille, un petit blanc diamant, un peu cassé, plus laiteux, qui donnera un rendu époustouflant, et qui, je dois vous le dire, fait fureur en ce moment dans tout le pays. Vous avez également le blanc ivoire, voisin du blanc diamant, tout aussi chic, quoiqu'un peu plus crémeux. C'est idéal pour les romantiques, mademoiselle. La Lollobrigida s'est justement mariée dans cette couleur, et avec le modèle que vous portez ! »

Cette anecdote réveilla Pupetta. Elle tourna deux fois sur elle-même pour inspecter son reflet dans la glace, gratifiée de l'allusion à la grande Lollobrigida.

« Sinon, bien sûr, vous avez le blanc champagne clair, tirant sur le beige, mais il convient davantage aux robes avec des appliqués en dentelle et des accessoires dorés. »

La vendeuse, une fois ses arguments de vente épuisés, sentait face à la moue dubitative de Titina que ses efforts ne seraient pas récompensés. Elle ne pouvait s'empêcher, pour présenter d'autres modèles moins coûteux, de dire « bien sûr », sur un ton fataliste qui sonnait comme une capitulation.

« Bien sûr, en poussant la teinte précédente au niveau supérieur, nous arrivons à la couleur blanc champagne, dont la base est blanc et doré. C'est la sophistication de l'élégance.

— Et sinon, vous avez du blanc ? lança sèchement Titina.

— Du blanc ? répéta la vendeuse, étonnée, songeuse, inquiète de ne pouvoir satisfaire la demande. Vous voulez dire du blanc blanc ?

— Oui, du blanc, du blanc pur !

— Ah, du blanc, un blanc plus franc, vous voulez dire !

— Voilà, un blanc… du blanc !

— Oh mais bien sûr Madame, cette couleur est magnifique ! »

La vendeuse affairée, qui tentait, avec son bagout commercial, de la persuader d'adopter telle robe, Pupetta l'écoutait distraitement. Ces essayages à répétition l'ennuyaient. Enfiler des dizaines de robes qu'elle porterait un seul jour, fût-il censé être le plus beau de sa vie, choisir telle robe plutôt que telle autre, définir la matière naturelle ou artificielle, une couleur discrète ou vive, une forme drapée portefeuille plissée, les motifs sobres ou chargés, le tombé lourd ou fluide, la longueur pour faire glisser la fermeture Éclair, l'ajustement des ourlets, tout cela lui paraissait, du haut de ses vingt ans, une sorte de rituel de passage, pénible mais incontournable, pour prétendre à la féminité véritable. Ainsi être femme s'apprenait-il : il fallait soigner son apparence jusqu'aux moindres détails, ne rien négliger dans sa tenue, choisir un vêtement qui rende belle et remarquable, infiniment fière, heureuse et joyeuse, car être femme était tout autant la capacité à faire naître un sentiment de soi qu'une émotion chez les autres. Cette révélation la laissait tout à la fois songeuse et impatiente, mais elle sentait confusément qu'elle aimerait cela, se parer, qu'elle finirait par prendre du plaisir à ce jeu. En attendant, elle ne parvenait pas à se concentrer. Aucun modèle n'avait attiré son attention, sans doute parce qu'elle n'avait pas d'idée précise sur le style qu'elle cherchait. Ce n'était pas tant qu'aucune robe ne lui plaisait mais qu'aucune ne lui déplaisait vraiment, et il aurait suffi, à cet instant, d'une intervention de sa mère, d'un seul argument de sa part pour la décider, la convaincre en faveur de l'une plutôt que d'une autre. Coquette, intéressée par la mode, Pupetta n'avait pas de goûts encore assez affirmés en matière vestimentaire. Surtout, elle savait mal apprécier la qualité des étoffes, l'harmonie des tons, le mariage des coloris, la nécessité des accessoires, probablement parce que sa plastique aristocrate et sa peau blanche s'accordaient avec un large choix de robes et que n'importe laquelle, de n'importe quelle couleur, l'embellissait. À certaines femmes tout va, quoi qu'elles portent, même les vêtements les plus communs qui affadiraient les autres, mais qui, à elles, et seulement à elles, donnent une désinvolture, une grâce de reine. Tout lui allait si bien depuis l'adolescence qu'elle n'avait jamais pris le temps de s'appesantir vraiment sur les apparences, ni de forger son goût, et il lui fallait l'approbation des autres, les conseils avisés de sa mère et de sa cousine pour les grandes occasions de sa vie. Alors, elle tournoyait devant la glace au gré des commandements de ses spectatrices attentives, pieds nus ou avec des chaussures à talons, cheveux lâchés ou en chignon, esquissant quelques pas, caressant le tissu, en esquissant tantôt un sourire, tantôt une moue hésitante pour l'étoffe blanc crème ou blanc-beige, la plus longue ou la plus courte. Titina, elle, ne savait quel genre de robe irait à sa fille mais elle savait le genre qui ne lui irait pas, soit cette robe volumineuse, exagérée par un bustier trop rigide, des manches dentelées et bouffantes, un voile en cascade, une traîne de plusieurs mètres, une couronne de bijoux mâtinée de fleurs d'oranger, qu'essayait maintenant Pupetta et qui la faisait ressembler à une princesse d'un autre temps dont la taille si fine avait triplé de volume.

« Ma fille attend d'avoir un coup de cœur, dit Titina à la vendeuse. Dans vos robes, elle ressemble à une grosse meringue ! »

6.

Le grand jour arriva enfin. Dans la décapotable qui menait les fiancés à l'église, Pupetta semblait absente : son regard, parcourant le dédale des ruelles de la vieille ville, glissait sur les choses de façon si rapide qu'aucun souvenir n'eut le temps de lui revenir en mémoire. C'est à peine si voir cette foule joyeuse et sans visage, pressée au pied de l'église, ces hommes et ces femmes endimanchés, des habitants de son quartier pour la plupart, qu'elle connaissait depuis son enfance, qui faisaient tous partie de sa grande famille, l'enthousiasma. Elle souriait, bien sûr, mais ce n'était déjà plus son sourire qu'elle offrait, plutôt une expression machinale. Alors que bien des fiancés éprouvent de l'appréhension au moment de se marier et se mettent subitement à douter de leur envie réelle de changer de vie, de renoncer à leur liberté, de s'engager dans cette aventure qu'ils ont pourtant longtemps souhaitée, et commencent, le jour même de leur mariage, à considérer le futur époux comme un étranger, la future Mme Simonetti, elle, éprouvait un sentiment d'étrangeté envers sa famille, sa mère, son père et ses frères, Anna aussi, tous les êtres qui lui étaient les plus chers. Non qu'en si peu de temps tous ces êtres eussent cessé de lui importer, non qu'elle eût soudainement cessé de les aimer, l'amour n'était pas en cause, mais c'était comme si cette cérémonie l'éloignait de tous ceux qui, pour ainsi dire, l'avaient *faite* et vue évoluer. Elle était pourtant heureuse de changer de statut pour mener une vie autonome, une vie plus libre, qu'elle avait choisie, sans son père pour la réprimander, sans ses frères pour la surveiller, sans sa mère pour la sermonner. Quand bien même elle ne partirait pas vivre très loin d'eux, seulement à quelques quartiers de là, à Forcella, où Simonetti avait acheté un appartement, ce changement lui donnait l'impression de filer vers un autre monde.

Cinq cents invités cuisaient sur le parvis. Parmi eux, les deux témoins, Anna et Antonio Esposito, le fameux Ciccio la Main froide, le fidèle associé, et le gratin de la contrebande, la fine fleur du trafic en tout genre, comme le roi du marché noir en personne, Luigi Galiano, Cesare l'Empereur, Felice le Nettoyeur de Caserta, Enzo le Gringalet, Nello le Millionnaire, Mario le Chirurgien ou Maurizio le Ciel pour ses yeux azur et, disait-on, un certain talent dans l'art d'expédier *ad patres* les mauvais payeurs. Que du beau monde ! Personne n'aurait voulu manquer un tel événement, même sous ce soleil qui cramait les âmes, même par cette chaleur liquéfiante qui obligeait certains hommes, malgré le protocole, à enlever leur veste, quitte à laisser entrevoir les auréoles de sueur sur leur chemise. Ceux qui ne retiraient pas leur veste n'étaient pas les plus résistants à la chaleur, ils étaient les professionnels, les camorristes, armés jusqu'au cou. Au cas où la marche nuptiale tournerait mal. On ne prend jamais trop de précautions, même dans la maison du Seigneur. Les balles se perdaient si vite. Tout le monde avait en tête les images du carnage de l'église de la Sanità, à quelques rues de là, un règlement de comptes irrespectueux, un époux qui n'avait pas eu le temps de passer l'anneau à sa belle, gisant sur le pavé, la robe de la mariée éclaboussée de sang, une poignée d'autres morts, des blessés en pagaille, un ou deux estropiés, et il faut bien reconnaître que, pour un jour de fête, celui-là en était un mémorable.

Les invités furent soulagés de trouver la fraîcheur de l'église. L'arrivée séparée des mariés fut un instant sans émotion où chacun, emprunté, se souciait de se souvenir quoi faire, et à quel moment, afin de respecter les règles et l'ordre du protocole. Survinrent Simonetti, dans son costume bleu dragée, au bras de sa mère, boiteuse, puis Vincenzo Maresca et Pupetta qui s'avancèrent ensemble d'un pas contraint et surveillé dans l'allée décorée de compositions florales.

La cérémonie religieuse, avec le mot d'accueil du prêtre, le ton monocorde des premières lectures, la récitation du psaume, le plein amour du Seigneur et la joie de notre cœur, dura une éternité. Pupetta fixait le prêtre, sans parvenir à se concentrer, elle entendait des reniflements dans son dos et se demanda qui de sa mère ou d'Anna pleurait. Elle était heureuse de se marier, naturellement, c'était le plus beau jour de sa vie, mais elle demeurait étrangère à ce cérémonial, aussi spectaculaire que risible. Elle repensa un instant aux propos d'Anna relatifs à certains de ses oncles mariés qui, le lendemain d'avoir juré fidélité, retrouvaient leurs maîtresses ; tous ces discours la laissaient indifférente. La certitude d'aimer Pasquale Simonetti et d'être aimée en retour lui suffisait. L'amour n'avait pas besoin de serments.

Et quand l'échange des consentements arriva, elle prononça un « oui » franc, un « oui » qui signifiait « évidemment que je veux, quelle question ! », oui elle acceptait de se marier librement et sans contraintes, oui elle lui promettait fidélité, oui elle consentait à sa responsabilité d'épouse et de parent, oui elle voulait être sa femme, la femme de Pasquale Simonetti, oui c'était lui, lui seul qu'elle désirait, à lui seul qu'elle souhaitait se donner entièrement, l'homme de sa vie, cet homme brave et valeureux sur lequel elle pouvait compter, cet homme qui, maintenant, lui demandait de recevoir cette alliance en signe de son amour et de sa fidélité, et c'est à cet instant seulement, au moment de recevoir son alliance, qu'elle sentit toute l'émotion de la cérémonie, une immense bouffée d'amour qui la fit pleurer. C'est ainsi qu'Assunta Simonetti, ce 27 avril 1955, entra dans un songe.

La sortie des mariés au son retentissant de l'*Alléluia* de Haendel, sous les acclamations des invités réunis sur le parvis de l'église et une pluie de confettis, de riz et de pétales de roses, sembla une monstrueuse pagaille de baisers et de larmes, de félicitations, de vœux de bonheur et d'accolades muettes, de klaxons et de cris. Chacun voulait embrasser la mariée, se faire photographier avec elle. Pupetta dut poser longtemps en plein soleil. Dans un grand sourire, elle rejeta de la main le voile blanc qui dissimulait son visage, pour regarder enfin la foule, et peut-être, pour l'éternité des images, mettre en relief ses merveilleux yeux et les boucles de cheveux retombant sur ses tempes. Elle lança son bouquet de fleurs en direction de ses cousines célibataires et distribua les dragées aux enfants, les bonbonnières gracieusement nouées d'un ruban azur.

Et les noces se poursuivirent à Positano, dans une immense villa près de la mer où les serveurs, costumés de blanc, virevoltaient entre les invités tout en maintenant à hauteur d'épaules, avec une habileté formidable, de lourds plateaux d'antipasti, de coupes de champagne et de vin. L'agitation fut bientôt assourdissante, entre la musique et la rumeur des conversations. Anna, qui se tenait à l'écart, observait cette fête en l'honneur de sa plus chère cousine, dont le bonheur éclaboussait le visage. Elle se souvint un instant de leurs moments à parler d'amour et à se moquer des garçons, et ce souvenir l'émut parce que ces rires, ces mêmes rires qu'elle apercevait désormais sur le visage de Pupetta, ce n'était plus elle qui les provoquait. Il lui semblait que ses rires emportaient quelque chose de leur jeunesse, que leur complicité se perdait dans cette valse des corps à laquelle elle ne participait pas, et qui, maintenant, lui donnait l'impression d'être une vieille fille de vingt ans.

7.

L'appartement que Simonetti venait d'acquérir, situé au dernier étage d'une villa vésuvienne à la façade rose bourbonnais au milieu du rione Forcella, surplombait les toits de la ville. Il comportait six pièces en enfilade, lumineuses, au plafond élevé, décoré d'une frise florale interminable dans les angles, de lampes Pipistrello, et d'un mobilier en argenterie vieillotte : armoires hautes comme des églises gothiques, commodes recouvertes d'images pieuses et de bibelots bigots. Une odeur de plâtre émanait de la salle d'eau entièrement refaite, en faïence, et modernisée par une grande baignoire sur pieds munie d'une robinetterie cuivrée. Les paroles et les pas résonnaient dans ces lieux trop spacieux ; et les bouquets de fleurs, les cadeaux de mariage, rassemblés dans un coin, n'avaient pas encore été déballés. Bien que majestueux, l'appartement n'avait pas d'âme. Son luxe désuet, la grandeur de ses pièces muséales, à moitié vides, qui auraient fait le bonheur d'une famille nombreuse, et son calme surtout mettaient Pupetta mal à l'aise. Cet appartement la changeait du sien, familial, chaleureux, sonore et foutraque, encombré de meubles et de bibelots inutiles, aux murs recouverts de photos des illustres aînés. Les imposantes fenêtres, encadrées par de lourds rideaux bordeaux, donnaient sur un ciel infini embrassant la ville. Là, Naples s'offrait dans toute sa splendeur sur une mer de toits de couleur Sienne, d'où l'on apercevait la coupole verte, bonbonnière géante, de la galerie Umberto, et puis, un peu plus à gauche, en remontant du regard la via Toledo, le quartier gris de Materdei où vivaient les Maresca. C'était le centre populaire de Naples, Forcella, avec ses *palazzi* aux façades effritées, ses nativités oubliées, ses enfilades de colonnes et ses statues marbrant les mythes, ses arabesques gaufrées par le temps, ses marchés au milieu de places ombragées ; une ville dans la ville, une enclave où les bruits parvenaient étouffés. Un calme provincial envahissait l'appartement, une rumeur essorée des rues, une musique épuisée, modulée par le souffle urbain, le crissement des pins, le roucoulement des pigeons, le tintement horloger du clocher et les démarrages brutaux, fanfaronnant, des *motorini* dont le chant caréné se perdait dans le silence.

Il lui faudrait du temps pour s'habituer à ce nouvel environnement. Désormais, la mariée n'avait plus l'obligation de travailler à la pâtisserie, et ses journées libres se diluaient dans un ennui paresseux.

Elle pouvait s'isoler, se délasser durant des heures dans sa baignoire, se coiffer avec lenteur, s'apprêter sans plus être commandée par Titina ni pressée d'accomplir telle ou telle tâche ménagère. Elle pouvait lire comme elle le voulait, ou regarder une émission sur le téléviseur sans être interrompue, sans plus entendre les voix de Vincenzo et Titina, sans plus être dérangée par ses frères, ni par les hurlements des garçons jouant à la balle dans la cour de l'immeuble, ni par les bavardages des mères se débobinant d'une fenêtre à l'autre. Que le temps lui paraissait long ainsi à ne rien faire, à se demander comment elle s'habillerait pour accompagner son Pasquale en ville, pour voir ses parents, si elle repasserait enfin ses jupes qui s'étaient froissées sans les avoir portées, et comment elle comblerait toutes ces heures vides, loin du labeur des hommes, à attendre la naissance de son enfant et à se préserver comme un bijou dans des linges vierges. La vie de princesse l'ennuyait. Si, en lisant des romances de *Sogno*[1], elle avait parfois associé la félicité à une certaine oisiveté, aujourd'hui qu'elle n'était plus occupée qu'à son bonheur, elle prenait la mesure de son erreur. Incapable de se réjouir de sa propre indolence, elle n'enviait plus ces héroïnes, ces belles désœuvrées, ces visitées de la mélancolie qui, elle en était persuadée, devaient se morfondre dans leur luxe. Sans doute, pensait-elle avec désolation, le sort d'une femme se jouait-il quelque part entre l'esclavage et le désœuvrement.

1. Revue féminine populaire dans ces années-là.

Elle était pourtant si différente des femmes de son quartier, de ces mères de famille rêveuses, domestiques rompues, ménagères, cuisinières, lavandières et pipelettes hors pair, fées du logis et commères invétérées, ouvrières épuisées ou abusées, taiseuses en colère, haineuses en silence, de toutes ces aventurières du quotidien qui, passant de la tutelle d'un père à celle d'un mari, avaient fini par abandonner leur féminité à de lourdes poitrines sous de larges blouses fleuries, à des jambes variqueuses et à des chevilles enflées dans des bas de nylon. Elle n'avait rien à voir, non, avec toutes ces femmes puissantes qui faisaient tourner le ménage, et ne connaissaient de l'amour que la fidélité sans faille à un patronyme. Pupetta songeait avec affection, peut-être avec un peu de peine, à sa mère, Titina la si dévouée, la si généreuse, à sa grand-mère aussi, nonna Teresa, qui était diabétique, et elle priait pour que la Madone les préserve le plus longtemps possible. Elle se disait que son départ rendrait leur existence monotone, que cet appartement de Materdei où elle était née, où elle avait grandi, serait bien triste en son absence, sans son enthousiasme et ses emportements joyeux, sans ses colères et ses hurlements furibonds, sans leurs disputes et leurs désaccords, et cette réflexion lui mettait les larmes aux yeux. N'est-ce pas cependant le sens de la vie que de réussir à être heureux loin de ses parents ? Le bonheur se payait donc de celui-là même qu'on avait autrefois méprisé. C'est dans ces moments que surgissait sa mélancolie, et l'unique pensée d'imaginer sa mère seule, s'affairer pour chasser son désarroi, qui éviterait d'entrer dans la chambre de sa fille, lui déchirait le cœur. Ce n'était pas tant son départ qui la rendait mélancolique, ni la peur de cette vie nouvelle, que le sentiment coupable de laisser derrière elle un immense vide.

Maintenant, elle avait vingt ans et elle était mariée, heureuse, amoureuse, et elle ne pouvait plus dissimuler sa maternité. Peu lui importait d'avoir une fille ou un garçon, cette seconde option ayant la préférence de Simonetti ; elle verrait bien. Ce serait le destin qui donnerait un visage à son amour. En attendant, pour tromper l'ennui, elle occupait ses journées à préparer la venue de l'enfant, à demander conseil à sa mère, à tricoter des habits, à dresser la liste des faire-part, et puis, quand elle en avait assez, elle se mettait à feuilleter des magazines.

« Un jour, toi aussi tu seras dans un de ces papiers. Tout le monde te reconnaîtra dans la rue ! » la taquina Simonetti.

Elle était flattée par ses paroles, même prononcées sur un ton léger, quand bien même elle savait qu'il ne les pensait pas, puisque aucune raison ne justifiait une telle publication.

Voir sa femme à ses côtés apaisait Simonetti. Mais un soir qu'elle avait de la fièvre, une fièvre normale chez la femme enceinte, il craignit soudain qu'elle ne fût malade et que sa grossesse ne l'emportât. La peur s'imposait à lui, l'homme de sang-froid, sans qu'il puisse rien faire pour la calmer. Il souffrait d'avance à imaginer le pire, et l'émotion le gagna à l'idée qu'il pût vivre sans elle et que son enfant ne vît jamais le jour. Il s'approcha d'elle et respira ses cheveux, comme il le faisait si souvent, pour s'imprégner de son odeur. Et le lendemain, il l'emmena au sanctuaire de la Madone de Pompéi, où il lui avait déjà demandé sa main, et, devant l'autel, il sortit de sa poche le pistolet dont il ne se séparait jamais, pour le glisser dans la main de Pupetta.

8.

Une atmosphère délétère envahissait la ville. Tandis que toute l'Italie était menacée par la montée du fascisme, Naples était incendiée par une guerre féroce des clans camorristes. De Melito à Secondigliano, en passant par Forcella, Materdei, le Pallonetto et les quartiers espagnols, les différents secteurs s'entretuaient pour contrôler le racket de la contrebande, et les règlements de comptes, les tueries fabuleuses dignes des meilleurs westerns, les sauvageries des expéditions punitives, les saignées mémorables, les exécutions capitales se multipliaient. Avec l'hiver, on entrait dans la saison des guerres, une drôle de saison, une drôle de guerre entre Napolitains, qui grossissait les cimetières et réjouissait secrètement les armuriers, les conseillers funéraires et les fleuristes. Il n'y avait plus personne en ville le soir, sauf les *ragazzi di strada* dont les errances ne craignaient aucun danger. Ce n'était pas prudent de sortir, de promener son chien, de crâner sur le front de mer avec de belles chemises et des robes indécentes. Alors, on se barricadait, tous volets fermés, des fois que des balles se perdent ; on se calfeutrait malgré la chaleur : quitte à mourir, autant choisir sa mort, autant que ce soit d'étouffement. On attendait les nouvelles avec un mélange de terreur et de curiosité, on allumait fébrilement le transistor ou le téléviseur, on voulait savoir qui était mort. Parfois, on reconnaissait certains visages de bons citoyens tombés sous les balles, un voisin, un commerçant du coin, et on se disait qu'on avait eu bien de la chance, parce que, à quelques minutes près, on aurait pu y passer. Et l'on ne parlait plus que de cela, du crime, de la guerre des clans, de la ville à feu et à sang, de la violence sacrée, des morts qui s'ajoutaient à la liste des disparus, des hommes en cavale, des barbares, des monstres, des criminels dont les photos s'exhibaient en première page des journaux. Naples jouit de sa puissance tragique.

Ainsi dévorée de l'intérieur, la Camorra n'était plus la société honorable répondant à un certain idéal de justice, et les camorristes n'étaient plus des rebelles et des justiciers généreux, mais des hommes, rien que des hommes, avides de pouvoir, aussi carriéristes que corrompus. Dans ce contexte, les affaires de Simonetti ne prospéraient plus vraiment, et son premier associé, témoin de son mariage, Antonio Esposito, lui donnait quelques soucis. Un désaccord venait de survenir avec lui, qui, pendant le séjour de Simonetti en prison, avait réussi à liguer d'autres camorristes pour s'emparer seul d'une partie du marché, et il avait déjà barboté une dizaine de millions de lires. Ce n'étaient pas des pratiques respectueuses. Les camorristes ont des lois, et les associés des devoirs : lorsqu'un boss est condamné à de la prison, l'associé doit partager ses profits durant toute la durée de son *incapacité*. C'est une sorte de sécurité de l'emploi, en somme, une assurance tous risques.

Ce jour-là, Esposito était attablé au café Grandone, avec des filles ramassées autour de la gare. Il avait dû faire la fête toute la nuit.

« Tiens, tiens mais qui voilà ? s'étonna Esposito, surpris par cette visite de courtoisie inhabituelle. Pasquale Simonetti qui se déplace en personne pour voir son vieux frère, ça alors ! Mais que me vaut cet honneur ? D'habitude, c'est toi qui me convoques et je rapplique.

— Arrête ton cinéma, tu sais très bien pourquoi je viens.

— Comment veux-tu que je sache ? T'as peur d'amener ta belle en ville, alors tu viens te réfugier en famille, c'est ça ? Il faut dire que les rues sont peu sûres ces temps-ci. »

Il le conduisit dans l'arrière-salle et lui indiqua la photo de jeunesse qui trônait sur une commode : on les voyait tous les deux en train de disputer une partie de football sur la place Dante.

« Tu te souviens ?

— Si tu veux savoir, j'suis pas venu pour parler ballon.

— Je suis un nostalgique, que veux-tu? La famille pour moi est la famille.

— Ça dépend de quelle famille tu parles.

— Celle de Forcella ou l'autre? Moi, au moins, je fricote pas avec les brigands de Materdei. Mais t'es pas là non plus pour parler de la famille, je suppose…

— Pas vraiment! Ça concerne notre compte commun : un million de lires qui disparaît dans la nature, disons que ça ne fait jamais plaisir, et comme je crois pas à la magie et à toutes ces conneries de forces occultes, je me pose forcément des questions…

— Tu sais, Pasquale, les choses sont en train de changer, la famille évolue. Toi-même tu es marié maintenant, tu as moins de temps à nous consacrer, tu deviendras bientôt papa et tu as de l'argent; crois-moi, si j'étais à ta place, je me retirerais pour me la couler douce et m'installer dans une belle maison ailleurs, à Capri, par exemple, face à la mer, tranquille. Ma parole, on rêve tous de ça!

— Quelle parole? Tu n'en as jamais eu.

— Allez, fais pas ton spirituel, le marché est désormais sous ma main, tu le sais, Pasquale. Pourquoi tu fais semblant de pas comprendre?

— Ciccio, j'ai une morale, une seule : la fidélité. Moi, jamais je n'aurais trahi un frère. Mais je m'aperçois qu'on n'est pas du même sang tous les deux, et je préfère encore mes ennemis à un ami aussi traître que toi. Alors, écoute-moi bien, si tu n'as pas rendu l'argent à la fin de la semaine, tu risques de faire le bonheur des pompes funèbres, tu entends?»

En partant, Simonetti s'arrêta devant la photo et la regarda un moment, avant de la retourner.

Ce n'était ni la première tentative d'intimidation que Simonetti recevait, ni la première trahison à laquelle il était confronté. Une vie de mafieux ne connaît ni répit ni vacances. Il y a toujours une affaire à régler, des menaces à déjouer, des comptes à solder – enfin, toute profession possède ses inconvénients. Les conflits y sont nombreux et les carrières brèves, en général, bien que très lucratives. On peut devenir boss, être riche et mourir à vingt ans, ou plus jeune encore, car il n'y a pas d'âge pour mourir.

Il arrivait à Pupetta de se tracasser pour son homme, quand il rentrait tard ou avait passé la nuit à l'extérieur sans prévenir. Elle était si sensible qu'elle pouvait, juste en le regardant, lire dans ses pensées, déduire des expressions de son regard, des cachotteries à sa façon d'abréger une discussion, ressentir intuitivement ses émotions, renifler ses joies et ses déceptions secrètes.

Comme cette nuit où il débarqua en silence.

« *Ciao*, tout va bien ? » lança-t-elle.

Il s'agaça de cette question qui le démasquait et lui donnait l'impression de se trouver face à l'une de ces voyantes qui tarifaient leur don dans la vieille ville.

« Tu ne dors pas ? répliqua-t-il.

— Tu vois bien…

— Tu as mangé, au moins ?

— Pas encore ! »

À une époque pas si lointaine, elle lui aurait fait une crise de jalousie, se serait postée devant lui pour lui demander des explications et s'il l'aimait encore. Cette fois-là, elle ne lui dit rien, pas même au sujet du pistolet dont elle avait entraperçu la forme sous son veston, mais elle comprit que l'heure était grave :

« *Amo*, dit-elle, promets-moi de jamais t'en servir ! »

Elle savait bien qu'arriveraient un jour les problèmes, elle s'y était préparée, mais elle ne pouvait croire que ceux-ci surviendraient si vite. Elle songea à sa mère, à ses tourments les soirs où Maresca ne rentrait pas, à ses heures terribles d'insomnie, et il lui sembla mieux saisir pourquoi sa mère lui paraissait toujours nerveuse et préoccupée, pourquoi, entre la crainte de se faire réprimander par son mari autoritaire, du malheur qui pourrait s'abattre et de devoir élever seule ses enfants, elle n'avait jamais su être heureuse, ni trouver la paix qu'elle implorait de toute sa foi durant les messes. Peut-être qu'elle aurait le même destin, se disait Pupetta, et qu'au fil des années, une fois son enfant né, Simonetti finirait par la délaisser, comme souvent le font les maris. Aimer un *guappo*, c'était se condamner à vivre dans l'inquiétude. Elle avait l'impression de mieux comprendre sa mère, et jamais elle ne s'en était sentie plus complice que depuis qu'elle s'en était éloignée. Croire que sa vie prendrait une autre tournure ou qu'un homme changerait par amour avait été naïf, et elle se demandait comment elle avait pu s'aveugler de la sorte.

Pupetta accompagnait parfois Simonetti quand celui-ci visitait les commerçants du quartier et les salles de jeux clandestines, enfumées, où les hommes s'entassaient pour parier sur les courses de chevaux. Bien qu'elle-même ne fût pas joueuse, elle avait de la tendresse pour ces parieurs, et ne s'offusquait pas qu'on occupe son temps ainsi. Parier ne distrait pas tant de vivre, ce n'est pas non plus une ruse de l'ennui ni une échappatoire à la monotonie quotidienne, c'est surtout un moyen de générer la caféine des jours, de vibrer et d'espérer. Tous ceux-là qui s'enflammaient en écoutant une course au transistor, qui passaient par tous les états, entre la certitude et l'incertitude de gagner, le stress et le soulagement, la peur et le dégoût de perdre, le sentiment d'invincibilité et la vulnérabilité, l'euphorie et le désarroi, se gargarisaient de leurs propres émotions. Parier est à la fois une machine à jouir, un expédiant, un exutoire et un lien social nécessaire dans les quartiers difficiles. Cela permet de s'absenter un temps des difficultés, de s'extraire des oppressions ordinaires, de maintenir une certaine espérance aussi : les salles de jeux sont d'autres lieux de culte, où l'on prie sur l'autel de Cattiva dans la troisième course ou de Casertina dans la cinquième, où l'on appelle de tous ses vœux l'aide de Dieu, parce que l'on a reçu un *tuyau* et que certaines courses sont truquées. Dans ces arrière-salles clandestines, les prières sont collectives, on hurle, on peste après un bourrin mal classé et l'on se gargarise d'une arrivée victorieuse. Pupetta n'avait pu s'empêcher de sourire en entendant ce parieur si pieux, alors en plein deuil paternel, qui salua Simonetti en se signant : «Je fais un petit ticket vite fait maintenant, parce que, après, j'ai la messe de mon père.»

Certains jours qu'elle se sentait seule, elle se prenait à regretter sa famille turbulente, les conflits même, et elle se disait qu'elle n'était pas taillée comme les héroïnes de *Sogno*, qu'elle ne pouvait rester à paresser toute la journée sans but, sans travail, ni passer son temps à bavarder avec d'autres femmes enceintes, à potiner, à parler de l'enfant qu'elles attendaient, à choisir des robes dans des catalogues. Elle avait besoin de distraire sa jeunesse. Quand téléphoner à sa mère plusieurs fois par jour ne lui suffisait plus, elle retournait à Materdei, quoique, contrairement à ce qu'elle s'était promis, elle ne s'y rendît pas quotidiennement : sa grossesse la fatiguait, et elle manquait de courage pour traverser la ville plongée dans une chaleur écrasante. Ses frères lui accordaient de vives accolades et son père l'embrassait plus chaleureusement qu'il ne l'avait jamais fait. Tous la complimentaient. Ils inspectaient l'arrondi de son ventre sous les vêtements, s'extasiaient devant sa nouvelle coiffure au carré qui lui donnait une allure chic. Ils la trouvaient belle, ils pouvaient le lui confier maintenant. Puis, soudain, ils ressentaient une sorte de gêne, comme face à une étrangère ; ils ne savaient plus quoi lui dire. Ils lui souriaient et tâchaient de lui être agréables, mais désormais une distance demeurait entre eux, une distance respectueuse, qui les privait du seul mode de communication avec lequel ils s'étaient toujours adressés à elle : le reproche. Les choses avaient changé pour la fille Maresca qui, à peine quelques mois plus tôt, se sentait encore si mal aimée, et il lui paraissait loin, le temps où elle n'avait pas le droit de leur parler d'égal à égal. Mais elle n'avait aucun esprit de revanche, et elle s'évertuait même à dissiper cet embarras naissant, en débarrassant la table pour aider sa mère ou en taquinant gentiment ses frères à propos des filles et de leurs remarques misogynes dont elle pouvait désormais rire. Ainsi s'amusa-t-elle de cette fiancée d'un soir qui cachait ses billets dans son soutien-gorge : « Elle croyait que c'étaient ses seins que je désirais, dit Ciruzzo, mais c'étaient ses lires que j'avalais à pleine bouche. » Enfin, elle leur montrait qu'elle continuait d'être la fille et la sœur qu'elle avait toujours été, et que si sa situation avait évolué, elle, en revanche, était restée la même. Elle aimait se retrouver parmi eux, non pas seulement parce qu'elle n'avait plus à s'efforcer de gagner leur estime, mais parce qu'elle était sûre maintenant d'avoir trouvé sa place, une place juste, dans la famille ; dans ces moments, elle sentait très fort en elle, peut-être plus fort qu'elle ne l'avait jamais senti, le sens de la famille. L'autorité de son père, la surveillance de ses frères, toutes ces règles et ces interdictions qu'ils lui avaient imposées, cette rude éducation n'avaient jamais été que de l'amour incapable de se dire. À voir la fête que tous lui réservaient lors de ses retours, leur tendresse et leur attention, elle aurait d'ailleurs été bien ingrate d'éprouver de la rancune, quand bien même, elle le savait, les choses n'étaient pas aussi simples. Une pensée trouble s'insinuait dans son esprit : elle ne pouvait s'empêcher d'imaginer comment ils l'auraient considérée si Simonetti avait refusé de se marier et l'avait abandonnée, mère célibataire et déshonorée. Sans doute ne se seraient-ils pas montrés si affectueux, alors qu'elle aurait eu bien davantage besoin de leur soutien qu'aujourd'hui, sans doute leur sévérité aurait-elle même décuplé : à coup sûr, ils l'auraient rejetée. Elle reconnaissait toute l'injustice du sort des femmes à travers le sien, ce sort réglé par la chance ou la malchance de faire un bon mariage, voire jusqu'à la condamnation du célibat, à l'infamie d'être mère-fille. Elle percevait d'autant plus fort cette injustice qu'elle ne se sentait responsable de rien dans les événements heureux qui lui étaient arrivés, et que, si son statut avait changé en quelques mois, c'était surtout dans le regard des autres, car, mariée et enceinte, elle-même ne s'imaginait pas être une femme si différente de la jeune fille méprisée que son père et ses frères vénéraient désormais comme une sainte.

Quatre-vingts jours venaient de s'écouler, quatre-vingts jours d'un mariage prospère quand, le matin du 16 juillet 1955, le téléphone sonna. C'était

Cesare l'Empereur, un associé. Il fallait que Pupetta le rejoigne au bar Grandone, corso Novara. Il était survenu quelque chose de grave, avait-il dit, sans préciser quoi. À cette heure, le corso Novara, une rue populeuse du quartier de la gare où Simonetti faisait ses affaires, bourdonnait de son activité coutumière, un marché de fruits et légumes, et le taxi peinait à se frayer un chemin parmi les automobiles stationnées, les Vespa circulant dans la foule désordonnée, une pagaille incroyable de badauds, de barbiers, de cireurs de chaussures, d'arracheurs de dents, de pizzaiolos ambulants traînant derrière eux leur fourneau, de vendeurs de faux stylos et de cigarettes américaines, de marchands s'époumonant à qui mieux mieux pour attirer le chaland entre des pyramides d'oranges, de tomates et de citrons. Derrière la vitre du taxi, elle regardait ce spectacle pas si éloigné de l'image qu'elle se faisait de l'enfer. Elle pria le chauffeur d'accélérer la course, il refusa, elle sortit un billet de dix mille lires, et il s'exécuta. Comme par magie, le taxi contourna des allées bondées du marché pour se garer devant le bar Grandone. Maintenant, elle était terrorisée à l'idée d'apprendre ce qui était arrivé à Simonetti, elle n'avait pas voulu y penser pendant le trajet ; elle se disait qu'elle le retrouverait gravement blessé, estropié peut-être, car tirer dans les jambes était la signature des gangsters. Un petit homme l'attendait sur le trottoir, elle reconnut Cesare, les deux mains enfoncées dans les poches de son costume anthracite à grossières rayures blanches. Il était en nage, des gouttes de sueur perlaient sur son front. Il parlait vite, en dialecte, de façon saccadée, mâchant nerveusement la plupart de ses mots : selon lui, Simonetti venait de tomber dans un piège. Parmi la foule, Gaetano Orlando, un tueur à gages d'Esposito, avait reproché à Simonetti de l'avoir bousculé et avait exigé des excuses devant tout le monde, des excuses que Simonetti, dans son bon droit, comprenant sûrement qu'il se trouvait dans un guet-apens, n'avait pas présentées. Le ton était monté, et Orlando avait alors sorti son pistolet pour tirer sur Simonetti, qu'il avait touché plusieurs fois à l'abdomen ; dans la panique, et les tirs de riposte de Cesare, l'homme avait réussi à s'enfuir. Simonetti s'était écroulé, les mains sur le ventre, et il était toujours dans cette position lorsque Pupetta le découvrit, le corps gisant de tout son long au milieu d'une vingtaine de personnes. Son visage était livide, du sang coulait au bas de sa chemise blanche, et sa douleur lui donnait le visage torturé d'un Caravage. Simonetti n'était pas mort, il respirait mais perdait beaucoup de sang. On le transporta à l'hôpital des Incurables, où il fut opéré en urgence pour stopper l'hémorragie et extraire les trois balles de son abdomen. Quand, dans un dernier souffle, il s'éveilla, Pupetta lui apparut comme émergeant d'un brouillard nébuleux, et il eut tout juste la force de remuer la main. La douleur n'en était plus une, il se sentait partir et s'étonnait de voir tout cet affolement autour de lui. Il prononça péniblement le nom d'Esposito et deux mots, deux autres mots que l'on déduisait sans comprendre. Elle l'appela une dernière fois : «*Amo*, *amo*, ne nous laisse pas !», puis l'embrassa dans un sanglot. Après un long baiser, d'un geste délicat, elle voila son visage.

9.

Sa jeunesse s'ouvrait sur le malheur. À vingt ans, enceinte et déjà veuve, Pupetta venait de voir son rêve d'amoureuse en herbe se briser. Les journaux évoquaient le drame. *Il Mattino*, *Roma*, *Corriere della Sera* titraient : « La mort tragique d'un dangereux gangster », « Qui a tué le Colosse ? », « Les guerres de Naples », et retraçaient, à travers des articles moralisateurs, la vie tumultueuse de Pasquale Simonetti. Certains se félicitaient de la mort de cette crapule sanguinaire qui alimentait les guerres de clans et faisait régner un climat de terreur dans la ville. Pupetta enrageait en lisant ces tissus de mensonges, et ne réussissait pas à croire que c'était de son Pasquale, et d'elle, la jeune veuve enceinte, dont on parlait.

La veillée funèbre eut lieu dans une chambre de l'appartement familial où quelques femmes du quartier s'étaient réunies, assises sur des chaises placées en rangs serrés. Elles priaient en silence, ainsi qu'elles le faisaient depuis que leur père, leur mari ou leur frère étaient morts, elles priaient par habitude, avec une application bigote. C'étaient des vieilles, rompues à la chose, dont les pleurs n'étaient pas tristes mais donnaient au moment la solennité indispensable. Peut-être même assistaient-elles aux veillées funèbres comme on assiste à un spectacle, peu importe le défunt, peut-être ces veillées les distrayaient-elles du souvenir douloureux de leurs propres deuils, les consolaient-elles de leur propre chagrin, un spectacle qui animerait leurs conversations pendant des semaines jusqu'à la survenue d'une prochaine disparition. Peut-être pouvaient-elles pleurer sur commande, sans tristesse, sans que la mort ni la vue du cadavre ne leur fasse plus rien ; peut-être même savaient-elles s'évader en pensée d'une chambre mortuaire, en évitant de regarder la dépouille qui gisait devant elles pour imaginer ce qu'elles mangeraient une fois la cérémonie terminée. De ces veillées, elles maîtrisaient les usages et les rites, tous les codes, les mouvements requis pour asperger le corps d'eau bénite, jusqu'au silence qu'elles savaient interrompre pour rallumer les bougies tout autour du cercueil ou distribuer des cafés, des biscuits, aux derniers arrivants, de petits gestes qui avaient apprivoisé la Camarde et ne leur faisaient plus craindre la présence de ces défunts abandonnés à la grâce de Dieu.

La jeune veuve se tenait au premier rang, immobile ; elle avait enfilé le chemisier taché de sang qu'elle portait lorsqu'elle avait découvert Simonetti agonisant. Elle fermait les yeux pour ne pas voir cette grande carcasse à la peau cireuse, jaunie et lisse, enflée au niveau des joues, et parsemée de fines gouttelettes de condensation, qui ne ressemblait déjà plus à son amoureux. Toute la nuit, elle demeura ainsi à le veiller et quand, le lendemain, les agents des pompes funèbres la prièrent, avec une douceur apprise, de quitter la chambre, elle refusa et demanda à rester un moment seule avec le corps.

Il avait plu pendant la veillée funèbre, mais le ciel était désormais sans nuage et le soleil dépoitraillait la ville. Personne ne manquait à l'appel, mais tout le monde n'avait pas pu entrer dans la petite église Sant'Agrippino où la messe eut lieu. Lorsque le cercueil en émergea sous une salve d'applaudissements, on se précipita pour le toucher et se signer, en hommage. C'était Simonetti dans le corbillard, c'était lui qui, cette fois, *sortait les pieds devant*. Une procession se forma ensuite dans les rues de la ville. Tout se passait si vite et tout était si confus dans l'esprit de la jeune veuve, ballottée entre les silhouettes qui la prenaient dans les bras pour lui adresser leurs condoléances, qu'elle ne parvenait pas à penser à ce qui lui arrivait. Que c'était étrange tout de même de défiler au milieu de tous ces gens, des inconnus pour la plupart, derrière la dépouille de son amour, et sous un soleil dévot qui semblait n'avoir jamais tapé aussi fort. Tout ce monde qui avançait lentement derrière un corbillard sous l'astre implacable pouvait donner l'impression que la procession était fausse et que les membres de l'assistance, vêtus de noir, étaient les figurants de l'une de ces reconstitutions qu'on tournait alors en ville. Tout semblait irréel, jusqu'aux ombrelles des femmes qui décrivaient au-dessus de leur tête d'étranges et ridicules chapeaux – un ridicule qui valait encore mieux, devaient songer ces précautionneuses, que de mourir d'une insolation lors d'un enterrement. Sur les trottoirs, ceux qui ne savaient pas le nom du mort s'arrêtaient à son passage pour se signer ; ceux qui savaient passaient leur chemin. La procession gagna bientôt le cimetière de Poggioreale, situé non loin de la prison, mais au fond personne ne parvenait vraiment à penser que c'était bien Pasquale Simonetti qu'on transportait dans ce cercueil, et son souvenir s'effaça ainsi dans un sentiment de fiction.

10.

Parce que l'enquête avançait lentement et que celle-ci commença seulement vingt jours après l'assassinat, Pupetta décida de se rendre au commissariat. Elle n'ignorait pas ce que ce retard signifiait : la police, probablement corrompue par le clan Esposito, feindrait de chercher l'assassin en arrêtant de faux coupables, histoire de gagner du temps. Aussi avait-elle cru bon d'enfreindre cette bonne vieille règle mafieuse selon laquelle une famille ne recourt jamais à la police mais se fait justice elle-même. Gargiulo, le commissaire, eut un sourire de compassion lorsqu'elle lui affirma qu'elle connaissait le nom de l'assassin :

« Et qui serait donc ce mystérieux tueur, *donna* Pupetta, vous qui avez l'air mieux informée que toute la police de la ville ?

— Je ne suis pas venue établir des hypothèses, commissaire, ni vous apprendre le nom de l'assassin de mon mari, que tout le monde a vu, mais pour vous donner celui de son commanditaire. Le tueur est son homme de main, une petite frappe nommée Gaetano Orlando, je ne vous apprends rien.

— Vous semblez tellement persuadée, poursuivez, je vous en prie ! dit Gargiulo.

— Esposito, dit Ciccio la Main froide, vous le connaissez ?

— Vous voulez parler de M. Antonio ? C'est un homme respectable…

— Pour un homme respectable, c'en est un, ça, c'est sûr !

— Enfin, si je ne me trompe pas, il était le témoin de votre mariage, non ?

— À mon mariage, il y avait la moitié de la Camorra, des tueurs, des truands, et même, entre gens respectables, quelques-uns de vos collègues de la police, voyez ?

— Et comment pouvez-vous être si convaincue que c'est lui ?

— C'est mon mari qui m'a donné son nom sur son lit de mort.

— La parole d'un mourant, vous savez… Je comprends votre désarroi, *donna* Pupetta, mais on n'arrête pas un homme sans preuves, et vous savez que le témoignage d'une veuve, absente de la scène du crime, n'en constituerait pas une. À moins que des témoins oculaires l'aient vu tuer votre mari ? demanda Gargiulo d'un air faussement innocent.

— Vous êtes un homme intelligent, commissaire, ne faites pas celui qui ne comprend pas ! Tout le monde a vu Gaetano Orlando le tuer, vous le savez bien !

— Ces personnes peuvent-elles venir témoigner ? Car celles que nous avons interrogées, elles, n'ont rien vu.

— Enfin, commissaire, lorsqu'il y a un meurtre, les gens perdent vite la mémoire, ici. Mais comptez sur moi pour la leur rafraîchir ! En attendant, je vous redis qu'Esposito est le commanditaire de l'assassinat de mon mari, faites ce que vous voulez de cette information.

— Moi, je ne demande vraiment qu'à vous croire, *donna* Pupetta, mais je vous le répète : sans preuve, je ne peux rien. Vous êtes consciente que c'est une accusation grave que vous portez !? Et pas contre n'importe qui... Aucun magistrat ne me donnera un mandat d'arrêt pour si peu.

— Je le sais. »

C'est durant ces jours-là que le règne de Pupetta commença, c'est durant ces jours-là qu'elle succéda à Simonetti à la tête du clan. Les cadres de la Camorra sont des intérimaires. Quand l'un quitte la scène, un autre aussitôt le remplace, et occupe naturellement la place laissée vacante par le « malchanceux » – comprendre : « celui qu'on a abattu » ou « qui a été incarcéré ». Dans une telle profession, on n'a pas besoin de postuler, on s'impose de force ; les affaires se reprennent sans paperasse et contrat, simplement par la parole, et quelques tirs si besoin. Elle qui n'avait jamais dirigé personne se retrouvait cheffe d'un empire de quartier en même temps qu'elle se découvrait, sans aucune expérience, un esprit de patronne, une autorité innée grâce à laquelle elle se faisait respecter. Sa détermination était grande, ses méthodes expéditives et sa façon de s'adresser aux employés, des hommes pour la plupart, directe et franche. Un jour, sur le marché, elle convoqua tous ses fidèles, des maraîchers, des ouvriers agricoles, des commis, pour les inviter à témoigner. Parler devant eux ne l'effrayait pas. Elle leur parlait avec tout son cœur, et une sorte de rage. Elle leur demanda s'ils se souvenaient de l'homme généreux qu'était Pasquale Simonetti, et de tout ce qu'il avait fait pour eux, les emplois qu'il leur avait trouvés, les prêts qu'il leur avait accordés, sans mentionner les dettes qu'il avait réglées à leur place. Et tous les employés acquiescèrent en chœur, d'une seule et même voix soumise et obligée. Oui, tous reconnaissaient sa générosité ; pourtant, quand Pupetta voulut savoir s'ils avaient vu quelque chose, s'ils étaient prêts à témoigner, chacun se tut. Un silence de mort envahit la cour. Tout le monde baissa les yeux. Ces hommes, des fiers-à-bras, tatoués, pour beaucoup ex-trafiquants et ex-taulards, semblaient des petits garçons terrorisés devant cette jeune femme. Elle les sermonna un peu, évoqua les devoirs de fraternité que tous devaient honorer, et leur fit comprendre que si leur choix était de conserver le silence, alors la mémoire de Pasquale Simonetti serait salie à jamais et son assassin resterait impuni. Mais aucun ne broncha. Des témoins, il n'y en avait pas, or sans témoins, il n'y avait pas de coupable, et sans coupable, la justice ne pouvait être rendue. Tous étaient prêts à jurer qu'ils n'avaient rien vu, tous étaient prêts à perdre leur travail plutôt que de subir des représailles de la part du puissant Esposito. La peur les rendait lâches, et risquer leur métier, leurs économies, leur vie et celle de leur famille, pour un patron qui changeait au gré des guerres de gangs, n'avait pas de sens à leurs yeux.

Peu après sa discussion avec Gargiulo, Pupetta avait reçu une menace du clan d'Esposito, déjà averti de sa requête. Cette menace, au reste, ne l'étonnait pas et ne faisait que confirmer son soupçon au sujet du commissaire. En attendant que la situation s'apaise, elle retourna vivre à Materdei, en famille. Elle avait besoin de réfléchir et de se reposer en lieu sûr. Tout allait si vite depuis quelques mois : un coup de foudre, des fiançailles, une grossesse, un mariage précipité, un crime et un enterrement. Elle demeurait de longs moments, seule, sur le toit de son immeuble, à regarder la ville, sa ville, cette ville qui engloutissait toutes ses sensations, tous ses sentiments, toutes ses émotions, sous le soleil de laquelle ses espoirs et ses rêves d'amoureuse fondaient, où gisait sa jeunesse meurtrie. Naples lui faisait l'effet d'une fiction maléfique ; elle n'en voyait plus que la beauté tragique et devinait confusément que plus jamais elle ne pourrait y être heureuse.

11.

Cela faisait plusieurs semaines que l'assassinat avait eu lieu et l'enquête n'avançait pas, faute de preuves, de témoignages et de chefs d'accusation suffisants. Pupetta perdait espoir, et n'en dormait plus. Dans ces insomnies, elle ne cessait de penser aux dernières heures de Simonetti. Des images désordonnées se bousculaient dans son esprit jusqu'à lui donner des migraines et à la rendre folle : le soleil, la foule, la chemise maculée de sang, l'hôpital d'où émergeait sa voix, sa voix agonisante qu'elle entendait encore et encore, sa voix qui donnait le nom d'Esposito. Elle ne croyait déjà plus à un rebondissement miraculeux de l'enquête, à la déclaration inespérée d'un courageux, et se disait que, à traîner de la sorte, l'affaire finirait, comme tant d'autres, par être classée. Qu'Esposito demeure impuni serait insupportable. Que lui restait-il à faire, sinon se venger elle-même ? Cette dernière pensée ne la quitta plus. C'était une pensée insidieuse, une pensée qui s'imposait en elle, malgré elle, contre elle, une pensée qui fracassait toutes ses pensées raisonnables, une pensée aussi qu'elle s'étonnait d'avoir si naturellement; ce n'était pas la réaction impulsive qu'elle avait si souvent eue en se révoltant contre son père, ce n'était pas non plus le résultat d'une réflexion préméditée répondant à un désir de vengeance, non, c'était une pensée plus puissante que le désir de se venger, c'était une pensée inéluctable qui portait le nom du devoir et de l'honneur. Elle ne décidait rien, les événements et le sentiment de la fatalité décidaient pour elle : puisque la justice renonçait à se rendre, puisqu'elle serait incapable de vivre avec le sentiment coupable de n'avoir rien fait pour son amour, cette justice, il lui faudrait donc la rendre elle-même en tuant Esposito. La conviction terrible de son devoir renaissait du plus profond de son hébétude, au moment où elle se sentait justement impuissante, une conviction sereine qui, en même temps qu'elle lui ôtait toute pitié et lui soufflait une pensée monstrueuse, lui promettait tout à la fois de faire cesser son calvaire et de laver son honneur. Alors, peu importaient les questions de vocabulaire juridiques, peu importait que des juges condamnent son acte : quand, dans le cœur d'une femme, de tels sentiments nobles se mêlent de ne pas laisser un crime impuni, la mort néglige son vocabulaire.

Ces jours-là, elle paraissait nerveuse, et Titina, qui devinait le malheur de sa fille, s'en inquiéta. Elle pouvait facilement imaginer ses pensées, son retrait, son désir de changer de vie et toute autre idée folle. Elle-même, si son Vincenzo avait été assassiné de la sorte, ne savait pas comment elle aurait agi, ni de quoi elle aurait été capable. Peut-être n'aurait-elle pas pu continuer à vivre à Materdei, peut-être n'aurait-elle pas pu rester à attendre que justice se fasse. Un soir qu'elle vit Pupetta préparer sa valise, le regard déterminé, elle comprit que l'heure était grave.

« Tu t'en vas ?

— Je dois partir *mamma*, les frères m'accompagnent.

— Ma Pupè, je t'en prie, tu es jeune et bientôt ton enfant aura besoin de sa mère !

— Ne t'inquiète pas, promets-moi de ne pas t'inquiéter ! »

Ciruzzo et Mario, ses frères, étaient dans la confidence. Ils l'escortèrent en périphérie de Naples pour acheter d'autres pistolets et s'installèrent dans un hôtel de passage près d'Ercolano. Sa décision était irréversible : elle tuerait Esposito le lendemain.

Elle était agitée. Pour se changer les idées, elle s'en alla marcher. Il ne pleuvait pas encore, et peut-être que l'orage au loin ne passerait pas au-dessus d'Ercolano, mais les bourrasques soudaines, les éclairs déchirant le ciel et le grondement du tonnerre, amplifié par la proximité du Vésuve, rendaient la nature menaçante. Elle avait l'habitude de ce climat capricieux, de ces balayages venteux nettoyant le ciel. Son pas était déterminé. Sur le chemin, elle parlait seule, s'adressant à la Madone : «Je sais que tu ne m'as pas appris à me conduire ainsi et que, pour toi, je devrais pardonner, mais, moi, je ne suis pas une Madone, et j'en suis incapable. Pardonne-moi de ne pas pouvoir pardonner ! » Elle s'arrêta dans une baraque abandonnée et sortit un pistolet de sa poche, celui que Simonetti lui avait confié, celui avec lequel, pour jouer, il avait voulu l'exercer au tir. Elle l'empoigna de sa main gauche et, à travers le cadre d'une fenêtre brisée, le dirigea vers un arbuste situé à une dizaine de mètres, et elle tira, une fois, deux fois, trois fois, sûre qu'on ne pouvait ni la voir ni l'entendre au cœur de cet orage ; elle tira de toute sa détresse, de tout son cœur et de toute sa haine, sur le tronc, pensant que, de là-haut, si jamais Simonetti l'observait, ses tirs maladroits mais obstinés de gauchère le rendraient fier. C'était la première fois qu'elle pleurait depuis sa mort. Ce n'étaient pas des larmes de tristesse, mais des larmes d'orgueil. Pourrait-elle seulement continuer à se regarder dans la glace si elle ne tuait pas Esposito ? Pourrait-elle seulement avoir la conscience tranquille en entendant la voix de son amour surgir durant ses insomnies ? Même l'idée d'être tuée ne l'effrayait pas puisque, si jamais les choses venaient à mal tourner, elle retrouverait Simonetti au ciel. Serait-ce d'ailleurs pire que de tuer et d'être condamnée une partie de sa vie à la prison ? Dans les deux cas, elle n'avait plus rien à perdre. Quelle femme serais-je, se disait-elle, quelle femme serais-je si je ne le faisais pas ?

12.

C'est ce matin-là qu'elle le tuerait. Elle s'était préparée longuement et maquillée avec soin, elle avait pris le temps de durcir son regard avec du mascara, de colorer ses lèvres du rouge de la passion, de faire sa mise en plis léonine, et de placer un voile devant son visage, sans oublier d'accrocher, à la boutonnière de son tailleur noir, la broche de diamants que son amour défunt lui avait offerte : elle ne voulait pas seulement être belle, elle voulait être mémorable. À vingt ans, la jeune veuve n'avait pas laissé loin derrière elle son chagrin, ses grandes illusions d'épouse, et il lui suffisait de penser que l'assassin de son mari demeure en liberté pour qu'elle sente monter toute sa haine, impassible et glaciale, profonde et noble. Une haine grandiose qui dissipait sa peur et lui faisait savourer chaque seconde de sa vengeance.

Dans la Millecento qui roulait vers Naples, le silence. Elle et ses frères, Mario au volant, et Ciruzzo assis sur la banquette arrière, se taisaient, concentrés sur leur mission. Les vengeances n'ont pas besoin de mots, elles se consomment dans les chambres froides de la rancœur. Maintenant, rien ne pouvait plus arrêter la Millecento qui s'engageait sur cette route périphérique que la veuve connaissait par cœur, qu'elle avait si souvent empruntée depuis l'enfance. Elle traversait le *blocco edilizio*, immense coulée de béton armé d'une laideur obscène, faite d'immeubles décatis, identiques les uns aux autres, où s'entassaient des millions de chômeurs. En la longeant, on croisait des chantiers abandonnés, des entrepôts sans toiture bardés d'échafaudages, des friches jonchées d'ordures, des cheminées crachant leurs fumeroles rosâtres à la gueule du ciel, qu'égayaient à peine les affiches publicitaires de Pirelli, montrant un éléphant à la trompe en forme de pneu sous un slogan «*Atlante. Il gigante che farà molto strada*[1]». Naples s'impose par son chaos.

La chaleur d'août saoulait et le soleil cramait les âmes. Un temps à mourir. Même les clochers s'affolaient d'apercevoir la Millecento, ils sonnaient, improvisant le ballet des heures. Approchant du marché, elle ne put s'empêcher de revoir les images terrifiantes de son corps ensanglanté. Elle ne montrait pas son émotion, et la douleur décuplait sa haine, son désir de vengeance. Elle n'avait pas peur. Quitte à mourir, autant mourir ici et maintenant,

1. «Atlas. Le géant qui fera beaucoup de route.»

sous le feu des armes, pensait-elle, là où son amour avait été assassiné.

Il était midi ce 4 août 1955 quand la Millecento déboucha sur le corso Novara, peuplé de monde, et s'arrêta devant le café Grandone où Esposito avait ses habitudes. Il se tenait au bar, pérorant au milieu de ses fidèles *guappi*. La veuve marcha jusqu'à l'entrée, et le fixa comme si son regard avait eu le pouvoir de le faire se retourner ; elle le fixa jusqu'à ce qu'elle impose le silence et qu'il la voie.

« Don Antonio, je voudrais vous parler, s'il vous plaît ! » dit-elle d'une voix douce.

Esposito regarda ses hommes. C'était sans doute la première fois qu'une femme lui parlait ainsi, à lui, le boss. Il ne voulait pas avoir l'air de se laisser commander, mais il finit tout de même par sortir, méfiant, jetant un coup d'œil autour de lui, déboutonnant sa veste pour conserver son pistolet à portée de main, et lentement, il se dirigea vers l'automobile où la veuve s'était rassise. Bien sûr, ni une gamine de vingt ans ni deux *scugnizzi* n'impressionnaient Antonio Esposito. Celui qu'on surnommait Ciccio la Main froide en avait vu d'autres, en avait tué d'autres aussi, et pour moins que cela. Il était sûr de sa force. Il s'approcha de Pupetta, qui baissa les yeux. Il lui parla calmement, déplora ses mauvaises manières, lui demanda pourquoi elle le dénigrait dans la ville, pourquoi elle l'avait dénoncé à la police, il le savait, ses hommes le lui avaient appris, ce n'étaient vraiment pas des choses qui se faisaient ; dénoncer, lui n'aurait jamais agi ainsi en tout cas. Il n'aimait pas les *donneuses*. Telle calomnie était inacceptable : pourquoi d'ailleurs aurait-il commandité l'assassinat de Simonetti, qu'il considérait comme son frère ? Lui n'était pour rien dans ce malheur, il fallait le croire.

« Regarde-moi, dit-il en soulevant son menton de manière insolente, regarde-moi ! »

Mais quand la veuve leva les yeux, il vit son regard haineux, et comprit ; il comprit que c'était trop tard. Il esquissa un pas en arrière en saisissant son pistolet, et la fusillade commença. Elle avait tiré la première mais elle tira encore, avec fureur, de toute sa haine, pour en finir avec ses souvenirs et l'injustice des hommes, jusqu'à ce qu'Esposito, pantin fou dégingandé, criblé de balles, veste maculée de sang, s'écroule sur le trottoir, à moins de dix mètres où son mari tomba.

Naples saignait mais ne dirait rien. Naples, aveugle et muette, complice des criminels, n'avait rien vu, rien entendu, aucun coup de feu, rien. C'est ainsi que Naples honore ses morts, par la puissance de son silence, par la force de l'omerta.

Pupetta s'enfuit dans la Millecento sans que personne ne la suive, surprise d'être en vie, d'avoir miraculeusement réchappé à ce carnage. Elle ne parvenait pas à se calmer, et quand, passant dans un tunnel, elle regarda par la vitre, elle ne vit que son reflet, celui d'une autre morte, et elle se demanda si tout cela était bien réel. Maintenant, il fallait fuir la ville, ce labyrinthe de rues et de croisements absurdes, les mauvais quartiers, les réclames de la zone industrielle, les casses où s'empilent les voitures malades, les baraquements abandonnés, toutes ces horreurs que la Millecento avalait. Et, plus tard, le même silence dans l'automobile pour parcourir le désert suffocant de la Campanie, ses terres brûlées, agraires, infestées d'une végétation folle, jaunies de citronniers et de cédratiers épuisés, croulant sous leurs grenades verruqueuses et bosselées, ces terres ballerines où dansent les vivants mais où ne pousse que la mort.

Une dernière fois, elle voulut se recueillir devant la Madone de Pompéi, où Simonetti lui avait demandé sa main. Agenouillée, les mains jointes à hauteur de poitrine, le buste et le regard dirigés vers la statuette qui, depuis l'enfance, avait été sa confidente, elle n'implorait aucun pardon ni ne cherchait à justifier son geste. Elle ne regrettait rien, et sa vengeance, en quelque sorte, réparait la perte de son amour. Même les images de la terrible tuerie ne lui inspiraient aucune repentance. L'espoir que la Madone comprendrait et que Simonetti, de tout là-haut, serait fier d'elle, lui suffisait. Maintenant, elle pleurait en caressant son ventre rebondi de six mois, elle pleurait son amour et ses vingt ans, elle pleurait son mariage et l'enfant qui naîtrait, elle pleurait la vie qui déjà la condamnait.

« Repose en paix, mon amour ! » dit-elle en s'adressant au ciel.

13.

En cavale, dans la Millecento traversant la campagne cramée, maintenant, elle se sentait perdue, elle avait l'impression d'errer dans un monde vide de sens, où son amour et ses rêves de jeune fille, ses croyances, ses espoirs et son avenir s'étaient eux aussi brûlés. Quitter la ville pendant quelques mois, elle devrait quitter la ville, le temps d'accoucher, même si elle ne nourrissait pas d'illusions sur le sort qui l'attendait, sachant que, dans une région peuplée de familles camorristes, tout finit par se savoir, et que, tôt ou tard, même dans un lieu isolé, la police la retrouverait, qu'elle devrait être jugée, passer une bonne partie de sa vie en prison. Ce destin ne l'effrayait pas, et ce n'était pas pour l'éviter qu'elle fuyait, mais pour gagner du temps afin de ne pas faire naître son enfant en prison. Après l'accouchement, sans doute se rendrait-elle. Il se pouvait aussi que le clan Esposito la retrouve avant la police et que l'un de ses membres la tue, parce que la vengeance engendre la vengeance, et que le sang appelle le sang.

C'est un couple de paysans, Gaetano Manganella et sa femme Pina, des fidèles de Simonetti, qui l'accueillit, elle et ses frères, dans sa ferme du hameau d'Agerola. On pouvait compter sur son silence. Les Manganella savaient. Tout le monde savait. À la radio, on ne parlait plus que de cela, le crime d'Assunta Maresca, dite Pupetta, on relatait la scène, on diffusait sa photo, des témoignages de badauds, du frère de la victime qui aurait formellement reconnu l'assassine. Personne ne voulait y croire. L'histoire de Pupetta enflammait Naples. *Cronache di Napoli* salua le « beau geste », comparant son crime à un acte de la tragédie antique et Pupetta à « une jeune Athénienne de l'époque de Périclès ». Dans les journaux, chaque jour de nouveaux articles alimentaient les débats, et la plus grande confusion régnait dans l'opinion : on l'accusait, on la défendait, chacun donnait son avis. La grande question était de savoir si Pupetta avait prémédité son geste ou bien si elle n'avait fait que se défendre. On parlait de « vengeance passionnelle », de « crime d'honneur ». C'étaient les femmes, surtout, qui la disculpaient et se reconnaissaient en elle : n'importe quelle femme aurait agi de la même manière, n'importe quelle femme se serait ainsi vengée, par amour.

Le nom et le visage de Pupetta hantaient cet été-là. On disait l'apercevoir un peu partout, à Capri comme à Naples, jusqu'à Rome et sur les côtes amalfitaine et sorrentine. Des témoignages allaient dans ce sens, sans doute parce que les fugitives sont des fantômes qu'on aime à apercevoir, et que Naples a besoin d'histoires explosives. À la télévision même, le spectacle intriguait. On attendait les nouvelles avec impatience. La police avait retrouvé une des armes du crime, un pistolet calibre 12, jeté pendant la fuite. Le domicile de la famille Maresca avait été perquisitionné, et la déclaration sensationnelle du commissaire Gargiulo, destinée à mettre la pression à Pupetta, n'avait laissé personne insensible : « Avant la fin de la semaine, j'arrêterai Pupetta Maresca. » Ces jours-là, les images des funérailles d'Esposito, célébrées à grands frais, couvertes par les médias locaux, avaient même été diffusées. Un boss assassiné par une femme valait bien la retransmission d'un tel spectacle : cent cinquante couronnes de fleurs envoyées par des politiciens au domicile d'Esposito, via Cesare Rosaroll. Deux mille personnes s'étaient rassemblées et avaient suivi le fastueux convoi funèbre, traîné par six paires de chevaux hollandais, et escorté par quatre-vingts voitures luxueuses.

L'été n'en finissait pas, la chaleur caniculaire terrassait août. Le sirocco donnait des journées et des nuits irrespirables, un vent écœurant de soufrière qui était comme l'haleine du Vésuve. On ne se trouvait bien nulle part. Même les caves étaient devenues tiédasses. Même le ruisseau était asséché. L'eau manquait. Manganella craignait pour les récoltes, ses vignes qui s'endommageaient sur cette terre si dure qu'on ne pouvait bien arroser, où ne pousserait plus rien avant de longs mois. Lui-même, habitué à la chaleur, souffrait. Il ne se souvenait pas d'avoir déjà vu ça et disait qu'il s'agissait d'un mauvais présage. Sortir dans les vignes était une expédition. Pina emmaillotait autour de la tête de son mari un chiffon humidifié d'où, seuls, émergeaient ses yeux et son nez, mais cet emmaillotage de fortune, qui rappelait les Touaregs sous leur chèche, l'étouffait, lui tenait chaud, et il le balançait pour ne conserver que sa casquette, renvoyant au diable les précautions de son épouse.

La ferme était située au milieu de terres fertiles et d'herbages défraîchis, adossés au Vésuve, sur lesquels gambadaient en liberté des chèvres et des moutons. À l'aube, on était réveillé par le chant des coqs et le roucoulement des tourterelles sauvages. Le matin, jusqu'à dix heures, la ferme était protégée du soleil par l'imposant volcan, et les senteurs âcres des genêts, des citronniers, des érables et des chênes se mêlaient de façon plus intense au parfum de glycine. Les Manganella profitaient de ces heures moins chaudes pour s'activer. Des réparations à effectuer, des outils à nettoyer, un sol à laver, des bêtes à nourrir, des taupes à chasser, des arbres et des buissons à tailler, des boutures à effectuer, des essaims d'insectes à exterminer, des peaux à brûler, des légumes à éplucher, des lapins à dépecer, des faisans à déplumer. Leur entente était parfaite ; ils se complétaient, se répartissaient les tâches. Elle, à l'intérieur, faisait ce qu'il n'aimait pas faire ; lui, à l'extérieur, faisait ce qu'elle ne pouvait pas faire. Lorsqu'il lui restait du temps, Manganella s'en allait dans les bois dénicher des oiseaux et poser des collets pour les lièvres. Il avait le coup pour nouer du crin de pêche sous un grillage et le faire coulisser. Tout fier de revenir à la ferme quand la chasse avait été bonne, il sortait triomphalement de sa besace l'animal, qu'il tenait par les oreilles le long de sa jambe : « C'est encore moi qui va dépouiller cette pauv'bête ! » disait Pina, qui adorait la saveur de la chair du lièvre et feignait de se plaindre de ce travail supplémentaire.

Comme chaque jour, Pina houspillait Manganella pour qu'il retire ses chaussures crottées de terre. Cela faisait quarante ans qu'elle lui disait la même chose, mais cela faisait quarante ans qu'il oubliait ; ce n'était pas de la provocation de sa part, ni même de la distraction, simplement une façon de sonner les habitudes, et tandis qu'un fumet de gibier appétissant parcourait la cuisine, il enlevait ses chaussures en grommelant. « *Madonna mia*, tu vois comme sont les femmes ! » lançait-il en adressant un coup d'œil au clan Maresca. Cette remarque, il avait dû la répéter cent fois pour provoquer le rire d'autres invités. Son espièglerie se lisait dans son regard rieur.

À table, on ne parlait pas, sinon pour commenter le repas, constater que les tomates étaient moins savoureuses que celles de la semaine dernière, que la viande était bien cuite, que c'étaient les dernières salades de la saison, que le temps virerait à l'orage avant la fin de la semaine, et Pina, qui n'arrêtait pas de se lever pour servir et desservir, mangeait avec recueillement, coudes franchement posés sur la table, mains graisseuses, aspirant bruyamment ses cuillerées de soupe, mâchonnant son pain ou mastiquant nerveusement la viande de son ragoût.

Pina lui rappelait sa mère, Pina lui rappelait toutes les femmes qu'elle connaissait, des femmes courageuses, volontaires et sans manières. C'était une petite matrone mutique, avec de grands yeux et des cheveux noirs, qui, dans une blouse cintrée, corsetant sa poitrine abondante et ses larges hanches, s'activait du matin au soir et s'oubliait silencieusement dans les travaux ménagers. Une femme qui ignorait l'ennui et n'avait pas le temps de rêver, s'accordant seulement, l'été, le luxe d'une journée au bord de la mer, à Positano, et encore, elle était chaque fois impatiente de rentrer, de retrouver son mari, ses animaux, la ferme où elle vivait depuis son mariage.

Pina était de nature introvertie mais avait appris à remplacer les paroles par des gestes, des attentions délicates, un dévouement, un regard et un sourire qui exprimaient son affection mieux que de belles phrases. Elle veillait sur les Maresca comme une mère, leur préparait les repas et essayait de les distraire en les impliquant dans la vie de la ferme. Elle leur apprenait les noms de fleurs, d'arbres et des oiseaux, des noms inconnus qui leur semblaient provenir d'une langue étrangère. Elle leur montrait aussi comment dépecer les lièvres, et il fallait voir avec quelle dextérité chirurgicale elle ouvrait le ventre de l'animal, le vidait de ses viscères, sectionnait ses pattes afin de retrousser la fourrure, et tirait la peau au-dessus de la cage thoracique. Il n'y avait pourtant aucune cruauté dans ses gestes machinaux, rien qu'une très efficace expertise. Méfiante, elle leur interdisait de s'aventurer au-delà de la ferme, mais lorsque les Maresca, lassés de tourner en rond, insistaient pour se promener dans les herbages déserts, elle grommelait, puis finissait par céder à leurs caprices. Alors, elle les déguisait en paysans – pantalons à bretelles, robes, chapeaux, paniers, épaisses chaussettes et sabots – et s'amusait de ce que ceux-ci, même accoutrés de façon aussi rudimentaire, restent, par leurs manières, leur maintien soigné et leur souci de ne pas se salir, des urbains, des gamins élégants de la grande ville. « Quand même, disait-elle, c'est pas raisonnable ! » Désormais, chaque bruit lui paraissait suspect, et chaque silence, l'aveu que la nature les traquait. Dans ces moments, elle avait l'impression que le Vésuve, pourtant fidèle compagnon de sa vie, l'espionnait.

D'ailleurs, la rumeur courait depuis plusieurs jours que Pupetta avait été aperçue non loin. Des centaines d'habitations furent fouillées. La police avait infiltré ses hommes sur le territoire, en les grimant en paysans, en vendeurs de boissons gazeuses, en marchands ambulants et en randonneurs occasionnels, comme il y en avait de nombreux dans cette partie boisée de la région. Ceux-ci découvrirent, en interrogeant un facteur, qu'une inconnue avait été repérée dans la ferme des Manganella, près d'Agerola. Les filatures conduisirent à cette bâtisse isolée, gardée par des chiens et une basse-cour bruyante. Un lieu entouré d'une végétation prolifique qui permettait de fuir facilement, mais qu'une cinquantaine de policiers, par petits groupes, en tenue de camouflage, encerclaient. Quand un soir, l'inconnue, en débardeur, arborant une épaisse chevelure brune, profitant des rayons de soleil, apparut d'une buanderie, il ne fit plus aucun doute qu'il s'agissait de Pupetta.

Le dispositif policier s'établit une nuit d'octobre, la dernière nuit d'Agerola, une nuit étoilée, peu avant l'aube, aux heures où la nature bruisse et où le vent se faufile dans les broussailles, pour ne pas éveiller l'attention. La ferme fut rapidement cernée par une centaine d'agents armés, la voix du commissaire Gargiulo résonna dans un hautparleur, et tout le monde comprit rapidement les raisons de cette visite matinale. L'opération s'effectua en douceur, Pupetta ne résista pas. Il était inutile de fuir. Elle demanda quelques minutes pour s'apprêter, et, enfin, elle se présenta dans l'escalier, vêtue d'un pull-over et d'une jupe de laine noire, un manteau sous le bras gauche, comme si elle avait attendu de jouer cette scène depuis longtemps, et elle embrassa les Manganella, sans dire un mot, avant de se rendre.

14.

Son arrivée à la prison de Poggioreale, dans le quartier des femmes en détention préventive, se fit sous les acclamations des détenues qui, depuis leur cellule, l'accueillirent par des cris de joie, des «*Bella*», «*Sei grande!*», «Pupè, tu es une vraie femme, tu es des nôtres!», et des applaudissements. Elle ne pouvait pas savoir que ce drame l'avait rendue célèbre et qu'elle était devenue, en quelque temps, la passionaria des Napolitaines.

Alors, la prison ne l'effrayait pas, non seulement parce que cet endroit ne lui était pas étranger, qu'elle pourrait compter, parmi les captives et les matons même, sur un certain nombre de soutiens, qu'elle n'y serait pas maltraitée et qu'elle pourrait continuer de gérer à distance les affaires de Simonetti, mais aussi parce qu'elle était fataliste et que son sentiment profond de la justice lui faisait accepter d'être punie pour son crime, de «payer», comme elle disait. Cela, même si les conditions étaient précaires, même s'il lui faudrait s'adapter à ce nouvel espace étriqué, à ces nouvelles règles, à tous ces nouveaux visages, à sa codétenue Rita, à l'étrange silence de la prison aussi, un silence d'ailleurs qui n'en était pas un. Elle l'aurait plutôt qualifié de silence sonore, menaçant, entêtant, malmené par les claquements des loquets de porte, les tintements de trousseaux, les cliquetis de clefs fourrageant dans les serrures pour verrouiller et déverrouiller, les sifflements des canalisations et leurs fuites, les rots gargantuesques qui faisaient rire, les couinements et autres petits grattements de rongeurs et les hurlements constants des détenues pour appeler les surveillants, réclamer, se plaindre des rats, demander un bout de pain, ou simplement injurier. Non, jamais elle ne protesterait contre sa sentence, même s'il lui faudrait s'habituer à l'obscurité de la cellule qui fait baisser la vue, et, la nuit, dormir près de cette lucarne sans rideau, et *faire* aussi dans des WC sans porte et sans cloison, et vaincre cette odeur agressive de pisse, de merde et de pâtes réchauffées empestant la cellule, une odeur diffuse qui imprégnait les vêtements et les cheveux, pénétrait les corps renégats, l'odeur de la punition ; même s'il lui faudrait continuellement porter la blouse grise obligatoire, supporter la douche commune comme la nourriture infâme du réfectoire, se battre contre les punaises de lit, les moustiques dévoreurs de peau tendre et les cafards qui se promenaient sur les murs, se plier à cette organisation du temps, à ces horaires stricts que seules rythmaient les rondes et les promenades, traverser les couloirs austères et vides donnant sur des rangées d'œilletons inquiétants.

Quel calvaire que ces nuits poisseuses, suffocantes, comme si l'emprisonnement n'était pas un supplice suffisant. On y mourait, mais on mourait aussi dans la ville. La peine était la même pour tous. Cela ne consolait de rien. En vain, elle essayait de s'endormir. La sueur lui coulait le long de l'échine à force de se retourner dans le lit, de chercher la fraîcheur sur une parcelle séchée du drap rêche, le dos contre le mur humide recouvert de moisissures. Mais personne ne dormait. Même la lune dégoulinait. Ces moments étaient déchirés par des cris effrayants de détenues, comme ceux de bêtes dans la forêt, qui beuglent pour impressionner, provoquer, ou parce qu'elles sont tabassées. Une détenue, la Caporale, braillait depuis une cellule voisine, et se faisait insulter rageusement par toutes les autres : «Ferme ta gueule, la vieille!» La première nuit, Pupetta se leva pour voir, par l'œilleton, s'il se passait quelque chose, mais elle n'aperçut qu'une partie du couloir baignée par la lumière criarde des néons, et les rondes régulières des matons. Elle resta un moment derrière la porte à contempler le spectacle de ce théâtre vide habité par des voix :

«C'est encore l'autre dingue! dit un maton.

— Les bonnes femmes, ajouta un autre, faut toujours qu'elles se fassent remarquer!»

Soudain, l'air dense de la cellule lui brûla les poumons. L'idée de demeurer dans un espace aussi exigu durant des années lui faisait éprouver, par anticipation, le besoin de respirer davantage. Son anxiété semblait densifier l'air.

« Tu ne dors pas », remarqua Rita.

Pupetta ne répondit pas. Elle n'avait pas envie de parler. Peut-être aussi se méfiait-elle de sa codétenue. Elle savait que la prison était peuplée de repenties, présentes pour provoquer des discussions, et des aveux.

«J'aurais fait la même chose que toi», dit Rita.

Parfois, quand elle parvenait à s'endormir, à voler quelques heures à la nuit, des rafales de tir l'expulsaient du sommeil, des rafales qui faisaient gicler le sang d'un corps, un corps dont elle n'aurait su dire s'il était celui de Simonetti ou d'Esposito, s'il était le corps de l'amour ou de la haine. C'était un corps méconnaissable, troué, criblé, déversant son sang, c'était la carcasse de l'épouvante qu'elle se mettait à fuir en courant dans la ville. Fuir quoi, se demandait-elle en regardant sa cellule étriquée, les barreaux grillagés de la lucarne et la lourde porte en fer, où la nuit profonde l'assignait? Alors, elle se relevait pour aller aux toilettes, marchait à tâtons, et demeurait assise sur le bidet, pissant toute son eau, le plus longtemps possible car c'était le seul endroit où, malgré les remugles, elle trouvait un peu de fraîcheur. Elle ne tirait pas la chasse pour ne pas faire de bruit, mais quand elle regagnait son lit, elle apercevait le corps inerte de Rita, ses longs cheveux noirs découpant la pénombre, sa pose indécente qui, toutes cuisses écartées, ouvrait son sexe.

Rita, une môme de vingt-deux ans surnommée la Sourde, parce qu'elle mettait des cotons dans ses oreilles pour ne pas entendre les bruits de la prison, et que, oubliant souvent de les retirer, elle faisait répéter plusieurs fois son interlocuteur. Cette jeune ex-toxicomane, bougonne et mal lunée, avait un air de gouape, un regard pénétrant de vaurienne dilué dans le fard à paupières, et un teint livide de cadavre. Ses bras, vers le poignet, étaient recouverts de blessures et de stries rougies. La prison l'exténuait. Elle avait déjà tiré deux ans, dans une cellule à trois détenues, dont les matelas gisaient à même le sol, où il était impossible d'avoir un peu d'intimité. Ces conditions l'avaient rendue si agressive qu'on l'avait placée en isolement et qu'on l'avait chargée d'anxiolytiques pour combler ses états de manque, avant de la replacer dans une cellule ordinaire. On disait aussi d'elle qu'elle était homosexuelle et qu'elle se touchait quand les autres détenues allaient en promenade. Elle n'était pas la seule d'ailleurs à se toucher, c'étaient des pratiques que les matons toléraient, ou qu'ils feignaient de ne pas voir, parfois en échange d'une fellation qui arrangeait tout le monde.

Rita ne s'offusquait pas du silence de Pupetta. Elle aussi, lorsqu'elle était arrivée, ne voulait parler à personne. Elle la considérait comme une petite sœur égarée dans cet enfer, qu'il fallait protéger.

« Ça me suffit, un repas par jour. Tiens, tu as besoin de manger le double, toi, dit-elle. Pour nourrir ton petit affamé. »

Pour la première fois depuis deux jours, Pupetta regarda Rita dans les yeux, sensible à sa générosité.

« Toi, pourquoi t'es là ?

— J'ai volé…

— T'as volé quoi ?

— Une montre à un banquier. Parce qu'il paradait dans ma rue avec toute sa quincaillerie exagérée. J'aime pas la provocation, tu comprends ?

— Ils t'ont donné combien pour ça ?

— Dix ans.

— Ils t'ont coffrée dix ans pour une montre volée ?

— Pas seulement, rectifia Rita dont le visage s'empourpra. J'ai tabassé le banquier. Maintenant, c'est un légume dans une petite chaise. »

Si les premières semaines furent rudes, Pupetta reprit vite le dessus. Le sentiment de solitude qui pouvait l'aspirer vers la mélancolie ne l'empêchait pourtant pas de prendre soin d'elle, de se doucher chaque jour, de se maquiller, de laver et de brosser ses cheveux, de changer de vêtements sous sa blouse grise. Ainsi apprêtée, elle avait l'impression de s'appartenir. Elle-même s'étonnait de sa capacité à s'habituer à toutes ces nouvelles règles, à supporter les obligations et les contraintes, à ce temps qui, au lieu du nom des jours, n'avait plus que des horaires stricts et des lumières, variant selon les saisons, dans le ciel barbelé de la promenade.

Même dans la prison qui broie les individus, les normalise et les *anonymise*, troque leurs identités pour des numéros, Pupetta demeurait quelqu'un. Elle demeurait puissante et redoutée. Les autres détenues lui prêtaient allégeance sans broncher. Ainsi de la coiffeuse, une jeune détenue, qui craignait de manquer sa coupe : Pupetta avait une idée si précise de ce qu'elle attendait – «Ce que je veux, disait-elle, c'est une coupe invisible» – et donnait des recommandations si rigoureuses que la coiffeuse osait à peine toucher à sa chevelure. Alors, pour laisser penser qu'elle effectuait son travail, elle s'agitait, prenait ses cheveux, les lissait, taillait vaguement leurs pointes, les coiffait, les recoiffait, les séchait avant de les relâcher à grand renfort de gestes spectaculaires et de bruits de ciseaux. Enfin, elle faisait tourner son siège jusqu'à ce que Pupetta soit face à elle : «*Madooonna*, quels cheveux ! J'en ai jamais coiffé de plus beaux à Poggioreale ! » Les autres détenues l'appréciaient aussi parce qu'elle était restée simple, ne méprisait personne et n'utilisait pas sa notoriété pour bénéficier d'un traitement de faveur, comme d'une cellule individuelle plus spacieuse à laquelle elle aurait pourtant pu prétendre. Sans compter sa grossesse, qui lui attirait toujours plus d'aide, toujours plus de solidarité.

Malgré tout, Pupetta n'était pas une détenue ordinaire. On parlait d'elle dans les journaux et à la télévision. L'engouement à son sujet ne diminuait pas. Les politiciens, les psychologues, les hommes de justice écrivaient des tribunes pour la condamner ou la défendre, chacun donnait son avis sur ce crime, chacun se faisait juge. Et ces débats offraient déjà une idée de la virulence de son futur procès, un procès qui, sans doute, vu la lenteur des procédures et la complexité du dossier, n'aurait pas lieu avant plusieurs années. Son crime l'avait fait devenir une vedette. Des admirateurs lui envoyaient des lettres passionnées, lui déclaraient leur flamme et la demandaient en mariage, écrivaient des chansons pour elle, telle la fameuse *La legge d'onore*; des réalisateurs voulaient la rencontrer. Le personnel de la prison la craignait et la respectait, lui permettait de recevoir des visites régulières au parloir comme de ne pas subir des interrogatoires humiliants. À la cantine, on la servait, et les matons lui apportaient du café chaud et du linge propre dans sa cellule. De nombreuses détenues lui transmettaient des messages pour solliciter son aide, afin qu'elle intervienne dans un différend familial, intercède auprès du directeur de prison, trouve du travail à un frère, rédige une lettre à un proche ou à un amoureux. Elle défendait les droits des plus faibles, réclamant que ses camarades, ainsi que Rita, jouissent des mêmes faveurs.

Dans la cour du mitard, d'où s'échappait un brouhaha permanent, une foule dense de détenues circulait par petits groupes, tournant en rond dans le sens inverse des aiguilles d'une montre comme si elles souhaitaient remonter le temps pour corriger leur passé. Quelques-unes murmuraient, d'autres discutaient à voix haute avec celles restées en cellule dont elles apercevaient à peine le visage entre les barreaux. Les visages blafards des cinglées croisaient les sourires blanchets des mineures braillardes et des *malacarne* insolentes que même le soleil disgraciait. La promenade est le lieu privilégié de tous les échanges, des transactions illicites. En prison, les affaires continuent. Pupetta y retrouvait des filles de Materdei, Emilia la Génoise, Carmela le Phénomène, dont certaines avaient été présentes à son mariage. Toutes venaient de familles modestes, toutes se connaissaient, de réputation ou de vue. Sa notoriété faisait des envieuses, et, quelques fois, durant la promenade, une poignée de détenues, plus hardies, celles de clans ennemis, la surnommaient ironiquement Miss Monde. Ainsi d'une vieille connaissance, Filomena Cirillo, accusée d'avoir tué un jeune chef de gare et dont le père appartenait à un autre clan opposé, qui la provoquait. Il suffisait de très peu, d'un regard, d'un mot irrespectueux, d'une étincelle pour qu'une bagarre éclate. Les altercations étaient fréquentes, mais les matons veillaient, ils savaient, avaient appris à laisser faire, et à en rire même parfois. Pupetta, la nouvelle marraine de Forcella, marchait la tête haute, elle toisait le ciel sans ciller, indifférente aux provocations.

15.

Tous les deux jours, escortée par une équipe pénitentiaire, elle se rendait dans la clinique de la prison pour des examens et des consultations. On ne la menottait pas. On ne craignait pas qu'elle s'évade, non parce que sa condition physique aurait rendu difficile toute tentative de course-poursuite, mais parce qu'on savait que, si jamais les portes de la prison avaient été ouvertes, si jamais une voiture l'avait attendue pour lui permettre de s'enfuir, Pupetta aurait choisi de rester. Il est rare de trouver un sens aussi aigu de la justice chez un individu, un si fort sentiment du devoir, et, de même que certains citoyens feraient tout ce qui est en leur pouvoir, paieraient les avocats les plus compétents pour dissimuler leurs malversations, leurs détournements jusqu'à leurs crimes, de même certains, parmi les mafieux, les malfrats et les pires criminels, ne fuiraient pour rien au monde la condamnation qui les sanctionne.

L'honnêteté n'est pas le privilège de simples citoyens, et il y a parmi les fauteurs des êtres plus responsables que d'autres, des hommes et des femmes d'honneur. Pupetta, elle, ne voyait pas l'heure d'être jugée et de finir de purger sa peine, comme elle ne voyait plus l'heure d'accoucher maintenant que sa fatigue redoublait et que son ventre se contractait. D'une certaine façon, accoucher et être jugée étaient les promesses d'une délivrance.

Peu de jours avant Noël, son état se dégrada. Elle avait attrapé une toux, une toux légère, qu'elle soignait en buvant de l'eau chaude dans laquelle était trempée de l'écorce de citron, et elle ressentit les premières contractions. Elle manquait d'appétit, ne voulait ou ne pouvait que dormir ; on lui trouva de la fièvre et on la transféra en urgence à la clinique de la prison. La salle d'accouchement baignait dans une semi-obscurité. L'hiver frappait aux vitres, les barreaux découpaient le ciel. Même fiévreuse, Pupetta avait froid. Son regard inquiétait. Elle tentait de réunir ce qui lui restait de forces pour contenir les vagues qui déferlaient dans son ventre, ces assauts répétés qui l'anéantissaient. Un instant, elle se souvint des récits épouvantables de ses tantes, les douleurs et les souffrances infinies avant une césarienne, la sensation d'arrachement, d'épuisement, de perdre connaissance, sans parler des complications multiples, et de toutes ces images d'hémorragies, d'éclatement des veines du visage, de crises cardiaques, de ces scènes d'un autre temps qui ne semblaient pas différentes de scènes de torture. Alors, elle pria la Madone, se disant confusément que son tour était peut-être venu, qu'elle pourrait mettre au monde un enfant en y laissant sa peau. « Tu es forte, Pupè, tout se passera bien ! » assura la sage-femme qui venait mesurer sa température. Le docteur prépara l'injection de péridurale. On lui demanda de placer ses pieds dans l'étrier et de répéter les exercices qu'on lui avait appris lorsque l'anesthésiant pénétrait dans son corps. Maintenant, elle ne souffrait plus, et, quelques minutes plus tard, la tête de l'enfant finit péniblement par apparaître. Quand vint le moment de pousser, elle sentit ses membres se dérober, et ses forces la quitter. Son corps ne semblait plus lui appartenir. Elle tenait la main de deux sœurs tandis qu'une sage-femme, arc-boutée sur son avant-bras, l'aidait en exerçant une forte pression sur son ventre, et qu'on l'incisait. Bientôt, cette dernière posa le bébé sur sa poitrine, un petit garçon : Pasqualino était né. Somnolente, Pupetta le regardait en silence, émue de sentir sa minuscule main s'accrocher à son doigt. Elle ne pleurait pas, et c'était de loin qu'elle assistait à son bonheur, c'était de loin qu'elle voyait les sourires des sœurs et qu'elle entendait leurs « *Ma quanto è bello Pasqualino ! È belle come il sole !* » surgissant du fond d'un rêve étrange.

Elle n'en revenait pas d'être mère et de connaître instinctivement les gestes de la maternité. Les mauvaises nuits du bébé l'empêchaient de dormir, ses colères, qui semblaient répondre à celles des autres enfants de la clinique, déchiraient les nuits de Poggioreale : des braillements qui n'effrayaient ni n'offusquaient personne. Elle l'habillait avec des vêtements que Titina lui apportait et des tuniques que Rita tricotait pour lui. Et quand elle en avait assez de rester dans sa chambre, elle le plaçait dans un grand landau que la clinique mettait à sa disposition pour arpenter les tristes couloirs de son nouveau quartier, où le personnel de la prison l'arrêtait à longueur de temps, pour la féliciter et faire fête à l'enfant. Cette naissance la réconciliait avec sa jeunesse : Pasqualino, le petit Pasquale, lui donnait de la force ; elle avait choisi ce prénom pour le dire et le répéter tous les jours.

On lui avait octroyé une cellule plus spacieuse dans un bâtiment de la clinique. Sans Rita. Elle se mit à lire, avec une application studieuse, le Code pénal. On la voyait passer de longues heures à déchiffrer les petits caractères de l'épais volume. Elle n'avait pas beaucoup étudié mais sa soif d'apprendre, sa détermination, son intelligence vive, sans tout lui faire comprendre du jargon spécieux des lois et des procédures de droit – comme la différence entre la « légitime défense » et « l'état de nécessité », les « causes d'irresponsabilité » ou « d'atténuation » – lui permettaient de bien préparer sa défense, et, surtout, répétait-elle, de ne pas se faire « entuber » par ses avocats, dont elle se méfiait, n'excluant pas le risque que l'un d'eux soit corrompu. « C'est cela qu'il faudra que j'explique, c'est cela qu'il faudra que je réponde quand le juge me questionnera », se disait-elle, et elle apprenait l'article par cœur pour que, dans l'émotion de son procès, les mots lui viennent naturellement. Il faudrait qu'elle prenne sur elle, qu'elle reste impassible pour énoncer son discours avec calme, sans s'emporter, sans se laisser dominer par son caractère tempétueux. Elle n'avait pas appris la diplomatie, et il n'y avait pas assez d'hypocrisie en elle pour utiliser le langage avec ruse, lisser les mots et gommer leur vérité pour tromper. Elle croyait en la puissance de la sincérité.

La nuit, elle lisait parfois des romans de gare que de rares détenues – celles qu'on appelait les « intellectuelles » – se passaient. Ainsi, elle en piochait un au hasard quand elle ne parvenait pas à dormir, approchant sa lampe électrique le plus près possible des pages, allongée sur le flanc, le bras replié sous la tête, en *pietà* lascive. Lire ces livres l'ennuyait ; ils ne lui donnaient pas l'impression de s'évader, ni de comprendre sa propre histoire, ni d'éclairer des situations qu'elle avait vécues, ni de mettre des mots sur des sensations qu'elle avait ressenties, ni de pleurer avec ses héroïnes. Ces ouvrages, qui relataient des passions frelatées, dégoulinantes de bons sentiments, des contes de fées bourgeoises débordant d'émotions faciles et sans profondeur, étaient tellement éloignés de sa réalité ! Quand le sommeil commençait à la faire bâiller, ou que sa position inconfortable ankylosait son bras, elle comptait alors les pages qu'il lui resterait à lire avant de terminer son chapitre, survolant ces dernières et les effeuillant d'un geste mécanique qui rappelait celui des *nonne* déployant leur éventail les jours de canicule.

Sa mère venait régulièrement la visiter au parloir. Elle lui apportait des affaires, demandait des nouvelles de Pasqualino et lui racontait celles de la famille, d'une tante malade, d'un oncle fraîchement incarcéré, des fiançailles d'un cousin, comme de celles d'Anna qui, finalement, venait de se fiancer avec Andrea Caiazzo. Pupetta ne lui parlait pas de son quotidien en prison. Elle prenait soin de ne pas lui décrire l'horreur dans laquelle elle vivait, les conditions misérables et tout ce qui s'ensuit, pour ne pas l'inquiéter, ne pas l'impressionner, bien sûr, mais aussi pour apparaître comme une femme forte, une taularde en acier que même la prison ne saurait tordre.

La maternité lui faisait reconsidérer sa vie, relier les événements les uns aux autres, du coup de foudre au crime en passant par la prison, et cet enchaînement lui paraissait absurde puisque, en effet, si elle avait eu la chance de rencontrer si jeune le grand amour, de vivre la passion dont rêvent certaines femmes parfois sans jamais la trouver, elle avait eu, en même temps, l'incroyable infortune d'assister impuissante, en l'espace de quelques mois, à la fin tragique de cet amour. Le sentiment d'avoir échappé à la mort renforçait cette impression d'absurdité car, après tout, la mort d'Esposito n'était qu'une conséquence possible de son tir et, de même qu'elle avait tué cet homme, cet homme aurait pu la tuer ; sa survie ne tenait qu'à la chance. Sans Pasqualino, se disait-elle, ma vie aurait perdu tout son sens.

16.

Les Napolitains attendaient ce procès depuis longtemps. Des milliers de personnes massées dans les rues, juchées sur les balcons ou entassées dans les voitures remplies à craquer, sans compter les curieux qui grossissaient la foule en accourant de toutes parts, tentaient d'apercevoir le fourgon de police menant de la prison au tribunal. Ils s'étaient rassemblés comme ils le font à d'autres moments de l'année pour célébrer les fêtes rituelles, demander des faveurs et des grâces à leurs saints, mais en ce jour de fin mars, gorgé de soleil, on ne fêtait rien. Et les rues répercutaient l'oppressante rumeur, les cris, les chants à la gloire de leur héroïne, les interpellations spontanées : « Dis-leur ce que tu sais, parle, dis-leur la vérité ! » s'égosillait une femme. Car c'étaient surtout les femmes, les femmes du peuple, qui criaient et chantaient, des veuves et des ouvrières des quartiers populaires, des madones insoumises, des matrones combattantes et nourricières, des tricoteuses et des mères courage passionnelles, généreuses et tenaces, des Médée impétueuses, des Ève batailleuses et des vierges intouchées, allaitantes, ébouriffées comme la Lollobrigida, furies indomptables, *vince guerra* effrontées, vestales implacables, bambinas dévergondées, épouses trahies, remplaçantes et remplacées, *donne* insolentes, *feminone* jalouses, impératrices déguenillées, pétroleuses invétérées et pouilleuses impénitentes : des femmes d'honneur qui se reconnaissaient en celle dont toute la ville espérait maintenant l'acquittement. Dans un geste de piété, certaines jetaient des fleurs ou déposaient leur manteau devant le fourgon, d'autres brandissaient le poing en signe de vengeance, ou applaudissaient le passage de «l'épouse fidèle». Archicomble était l'immense place San Domenico Maggiore, où Assunta Maresca, dite Pupetta, serait bientôt jugée.

Ce 31 mars 1959, quatre ans après le meurtre, la cour d'assises s'était transférée de manière exceptionnelle dans un ancien réfectoire des dominicains pour accueillir le public en nombre, et tous les protagonistes de l'affaire, membres des honorables familles camorristes, les Simonetti, les Maresca, les Esposito, les Orlando, y compris les Manganella. Personne ne manquait à l'appel. Pas même Gaetano Orlando assis à quelques mètres de Pupetta, dans une immense cage de fer, le box des accusés, afin que les juges se sentent en sécurité – ce dispositif paraissait grotesque pour se protéger d'un simple exécutant dont la chétivité inspirait plutôt la pitié, et dont le regard, consterné, n'évoquait aucune cruauté. Pas même le frère du défunt, Tommaso Esposito, petit homme au visage impassible, dont les yeux étaient recouverts de pansements et de lunettes noires, devenu aveugle au cours d'une fusillade. Il ne manquait personne, sauf les morts qui peut-être regardaient par-dessus les épaules des anges.

Le président peina à faire respecter le silence, et menaça plusieurs fois de reporter la séance. Il faut dire que le public, collé aux barrières de bois, contenu par les carabiniers, ne parvenait pas à se discipliner, ne pouvant s'empêcher de clamer son amour pour la jeune veuve, brunette grassouillette et pâlotte, aux lèvres rouges et charnues, embourgeoisée pour la circonstance dans un tailleur gris, un chemisier noir et des gants blancs. Une seule question animait les conversations, une seule chose intéressait : de savoir si Pupetta *parlerait*. Elle, assistait à son procès comme s'il ne la concernait pas ; placide, là sans y être, des heures durant, elle répondait poliment aux questions du président, observait les effets de manche des avocats, leurs déplacements et leur mise en scène risible, écoutait, de loin, avec une impression d'étrangeté, les débats, les témoignages et les réquisitoires théâtraux où on la dépeignait tantôt comme une victime, tantôt comme une criminelle..

Vint son tour. Ne sachant par où commencer, elle évoqua le sentiment que lui inspirait sa vie, la malédiction qui semblait la suivre partout où elle allait depuis son enfance pendant la guerre. En effet, elle n'avait pas dix ans quand Naples, occupée par les Allemands, bombardée et meurtrie, sombra dans le chaos, mais elle se rappelait l'effroi de ces jours, le grondement permanent des avions perforant le ciel ou s'écrasant, les bombardements sporadiques, les rafales pétaradantes au milieu d'explosions soudaines, elle se rappelait même la cave où se cachait sa famille, et les implorations de sa mère manipulant son rosaire avec une frénésie superstitieuse : «*Madonna mia*, je t'en prie, jette les bombes dans la mer, épargne-nous !» Elle revoyait les victimes gisant dans les décombres des maisons, les gueules noires des *scugnizzi*, enfants roublards des rues, déguenillés, fusils en bandoulière, se rebellant en premières lignes des combats, et les scènes de pillage où chacun tentait de sauver sa peau, tous ces hommes affamés, réduits à voler les réserves alimentaires, à manger les poissons de l'aquarium municipal ou à boire l'eau des égouts, mais aussi, elle revoyait, plus tard, les images festives de la libération, la ferveur, les *boogie-woogie* improvisés à tous les coins de Naples, les Marines américains offrant des cigarettes aux garçons, des chewing-gums aux gamins fiers et des sourires aux filles de joie. C'est dans l'agonie de la ville qu'elle avait grandi, dans cette Babylone puante, pestilentielle, en cendres, jonchée de dizaines de milliers de cadavres, dans ce cloaque sordide où, par nécessité, pour nourrir leurs familles ruinées par les hausses exorbitantes des prix du marché noir, de nombreuses femmes, décharnées et fardées jusqu'aux os, se prostituaient dans les campements américains. Elle avait grandi là, dans ce bordel du monde où couraient la fièvre des damnés, les maladies vénériennes répandues par des soldats venus d'Amérique déjà éprouvés par les combats, vérolant de tous leurs désirs frustrés les terres de la Campanie. Pour toujours, elle garderait en elle cette lumière crépusculaire du triomphe, l'humiliation de la libération et la joie triste des victoires sur la mort.

Ses considérations sur la malédiction amusèrent le procureur, qui lui reprocha de s'égarer et de vouloir attendrir les jurés. Alors, elle en vint aux faits : la crainte de son père, le travail à la pâtisserie, le concours de Miss Rovigliano, la rencontre de Pasquale Simonetti, l'amour et la grossesse, le mariage jusqu'aux deux assassinats. Elle parlait doucement, sans la moindre émotion. Quand on la questionnait, elle ne répondait que le minimum, concédant un « oui » ou un « non » : oui, Pasquale Simonetti l'avait reconnue jusqu'au dernier moment, à l'hôpital ; oui, il avait donné le nom du commanditaire de la tuerie ; oui, le commanditaire était bien Antonio Esposito ; oui, elle avait transmis cette information à la police ; non, le commissaire Gargiulo ne l'avait pas prise au sérieux et n'avait pas cherché des témoins en sa faveur ; non, elle-même n'avait pas pu trouver de témoins, mais elle aurait pu les acheter pour établir un faux témoignage car elle en avait les moyens, et cela n'aurait pas été difficile, étant donné que les familles étaient pauvres ; non, elle n'avait pas prémédité de tuer ;

oui, Esposito avait dégainé le premier, et, oui, tous les témoins qui l'avaient vue, elle, tirer de sang-froid, mentaient; oui, il s'agissait de légitime défense, d'un concours de circonstances plutôt, de chance, elle l'admettait volontiers, car si la scène se reproduisait cent fois, sans doute serait-elle tuée à quatre-vingt-dix-neuf reprises. Qu'elle tire la première ne s'était pas décidé à l'avance, non, c'était quelque chose d'instinctif qui s'était joué en une fraction de seconde, quand elle avait vu Esposito dégainer son pistolet, mais si, disait-elle en haussant la voix, Esposito n'avait esquissé aucun geste, rien ne se serait passé. Alors, oui, elle se sentait innocente : « Si je ne l'avais pas fait, il m'aurait abattue », dit-elle avant de ficeler son regard à celui du procureur sans plus desserrer les mâchoires jusqu'à la fin de l'interrogatoire. Le Vésuve aurait pu se mettre à tonner qu'elle n'aurait pas bronché. Mais on ne la croyait pas, on ne la croyait plus depuis que l'autopsie avait révélé que la victime avait subi plusieurs coups de pistolet de calibres différents, on ne la croyait plus depuis que l'on avait retrouvé les armes du crime, et que se reconstituaient peu à peu les faits et gestes de cette funeste journée.

Le procès dura cent soixante heures. Trente-trois audiences eurent lieu, au cours desquelles furent entendus soixante-sept témoins et intervinrent dix-sept avocats. La fatigue se lisait sur les visages. L'énervement aussi. Pupetta écoutait jusqu'à cet instant où, révoltée par la mauvaise foi d'un avocat, elle se leva et avoua sa préméditation : « C'est vrai,

Monsieur le Président, j'ai tué par amour de mon mari. Je suis sûre que s'il ressuscitait, *ils* le tueraient de nouveau. Et moi, je recommencerais. Oui, si c'était à refaire, je le referais ! » Tant d'années de prison déjà, tant de jours à pleurer son homme, tant de souffrances aussi, tant de déclarations et de dépositions pour en arriver à cet aveu, à ces mots simples, désarmants de sincérité, pour en finir enfin : alors, oui, oui, oui, elle avait prémédité le crime pour lequel elle comparaissait ; oui, elle était venue pour tuer, mais les circonstances avaient dicté ce scénario – de voir Esposito porter la main à son revolver l'avait conduite à se défendre et à tirer –, mais désormais, peu lui importait, elle ne regrettait rien, elle avait le sentiment d'avoir accompli son devoir, et, oui, elle le referait si elle y était obligée. Ce secret, Pupetta ne pouvait le conserver plus longtemps en elle, elle avait dû parler comme elle avait dû tuer, des années plus tôt, car tout n'était jamais qu'une question de devoir pour elle. Puis elle s'effondra sur sa chaise en enfouissant son visage dans les mains. Maintenant, elle pleurait. L'émotion la submergeait et la foule l'applaudissait. Mais chacun savait que cet aveu la condamnait.

La dernière audience eut lieu le 16 mai et s'acheva sur l'ultime plaidoirie de l'avocat : alors, enfin, la cour d'assises se retira. Durant toute la journée, comme si le ciel voulait délibérer lui aussi, la pluie s'en mêla, ce qui n'empêcha pas la foule de demeurer compacte sur la place San Domenico Maggiore. Les accusés ne firent aucune déclaration.

C'est tard le soir, seulement, après des heures d'attente insoutenables, que la lecture du verdict, par le président Peluso, intervint. Le verdict, que le jury insensible à la ferveur populaire finira par rendre après des débats tumultueux, fut sans clémence : Pupetta était condamnée à dix-huit années de prison. Ses frères, Ciruzzo et Mario, à douze ans. Quant à Orlando, le tueur à gages, lui, purgerait trente ans. Et Gaetano Manganella, deux ans, pour complicité. L'arrêt reconnaissait tous les accusés responsables du crime. À Pupetta on avait reconnu des circonstances atténuantes, dont celles de la provocation d'Esposito, donc la légitime défense. À l'énoncé du verdict, Orlando fut pris de tremblements nerveux et s'effondra en pleurs. Pupetta, elle, fière et orgueilleuse, ne dit rien. Elle eut uniquement un mot de révolte contre la punition infligée à Gaetano Manganella. Et le procès s'acheva sur cette sentence.

17.

La prison lui donnait l'idée la plus tragique du temps qui passe, du temps qui lui restait à vivre, et de tout ce qu'elle perdait, de tout ce qu'elle manquait. C'étaient des journées englouties, des journées absurdes, enlevées à la vie, où elle se sentait inutile. Être incarcéré, c'est faire l'expérience du temps, c'est éprouver le temps qui coule en soi sans pouvoir l'arrêter, ni le tuer, ni le tromper, c'est savoir que la vie continue ailleurs, sans soi, malgré soi. Être incarcéré, c'est faire de soi le corps même du temps. De longues années d'enfermement sans voir la lumière, à mal dormir, à supporter les brimades, la violence verbale, les courbatures causées par les matelas de mauvaise qualité, les piqûres de puces et de moustiques, la constipation provoquée par la nourriture infâme, les caillots sanguins dus à l'immobilité, font faner les détenues de manière spectaculaire. Ainsi, les corps perdent leur silhouette, fondent ou grossissent, s'abandonnent ou compensent ; même les cheveux de la jeunesse grisonnent, les peaux blanchissent et perdent parfois leur pilosité ; des dents tombent jusqu'à ravager la beauté des visages. Les caractères se corrompent. Des histoires circulaient à Poggioreale : une femme avait mis le feu à sa cellule ; un surveillant avait retrouvé l'une d'entre elles roulée en boule sous sa couverture, violée et défigurée par ses codétenues. L'équilibre est précaire en prison : une notoriété se perd à l'issue d'une bagarre, laquelle peut survenir pour rien – un mot de travers, un regard trop insistant, une insomnie, le manque de tabac, l'impossibilité de cantiner. Les calmants et les substances médicales, quand ils n'abrutissent pas, décuplent parfois la violence des détenues. Certaines d'entre elles vont jusqu'au suicide.

Les années passèrent sans vraiment passer, en charriant la lenteur du temps, les habitudes, la répétition des journées prévisibles. La quatrième année, elle apprit que son fils devrait, selon la loi, être confié à une tutelle. La loi n'a pas le cœur d'une mère, elle est impitoyable, elle applique, elle exécute sans se soucier des drames qu'elle cause. Pupetta, qui avait toujours su faire face aux événements tragiques de son existence, pleura à l'idée de demeurer séparée de Pasqualino durant les années de sa détention, les meilleures, bien qu'elle comprît que c'était pour son bien et que la vie d'un enfant ne se trouvait pas en prison, même auprès d'une mère aussi aimante. Ce fut seulement dans ce moment-là qu'elle regretta d'avoir commis ce crime. Pourquoi avoir voulu la justice si c'était pour en être si cruellement punie ? Désormais, elle ne souhaitait plus sortir de sa cellule, refusait les promenades et demandait que la nourriture lui soit apportée, pour profiter seule des derniers instants avec son fils. Elle lui enseignait la lecture, elle lui racontait des histoires, le cajolait, lui chantait des chansons napolitaines qui disaient l'amour, la beauté des départs et des retours. Sa voix mélodieuse le berçait. Pasqualino était un enfant sage, assez taciturne, qui avait appris à ne rien réclamer comme à se contenter du peu qu'il avait. Il n'évoquait pas son père, et sans doute, pour lui qui n'avait connu que ce mode de vie et n'était pas en âge de comprendre la succession des événements qui avaient mené sa mère en prison, ne savait-il même pas qu'il en avait un. La seule chose qui l'intriguait, pour l'heure, était la ville qu'il apercevait derrière les barreaux, ses immeubles et ses clochers, ses arbres, ce monde si lumineux dont il était privé. « Pourquoi on reste toujours ici, nous ? » demandait-il. Alors, Pupetta le prenait dans ses bras sans savoir lui répondre et l'embrassait pour se faire pardonner.

Quand Pasqualino fut confié à la tutelle, Pupetta s'effondra dans sa cellule, éplorée, les mains jointes en prière, le cœur en morceaux, *mater dolorosa* sublime. Cette séparation changea le regard qu'elle avait porté sur ses premières années de prison, et c'est à partir de ce moment qu'elle devint vraiment une détenue, qu'elle se laissa un peu aller et négligea son apparence physique. C'était dans une cellule qu'elle pourrirait. Ses rêves s'y limitaient. Elle rêvait moins de sa famille, de la ville et de la mer, de Pasquale et de son crime même, mais elle rêvait des cellules et des couloirs, des parloirs et des matons, de la cour où ses songes la promenaient et la faisaient se battre avec d'autres captives. Et lorsque des figures familières apparaissaient, ce n'était jamais que dans l'enceinte de Poggioreale, où son imagination les avait transportées et transformées en d'autres détenues. Même ses rêves étaient incarcérés.

Les années suivantes connurent cependant un dénouement inattendu, puisque Pupetta obtint la grâce présidentielle après treize années de détention. Non, la Madone ne l'avait pas abandonnée, et elle serait bel et bien graciée d'ici quelques semaines, en novembre 1968. Un étrange sentiment s'emparait d'elle. Ce n'était pas tant la joie de retrouver son fils, ni même le soulagement d'avoir bientôt purgé sa peine, mais de la mélancolie à l'idée de quitter Rita, dont elle avait demandé à partager de nouveau la cellule. Rita, ces dernières années, avait été hospitalisée deux fois, sans qu'on lui trouve rien malgré une batterie d'examens. Elle avait beaucoup maigri, pesait moins de cinquante kilos, demeurait la plupart de temps allongée dans un vieux survêtement, ne sortait plus de sa cellule pour la promenade et refusait même de voir les rares proches qui se présentaient au parloir. On arrivait péniblement à la faire manger, et quand elle consentait à avaler quelque chose, c'était à toute allure, et salement, comme un chien affamé, quelques morceaux qu'elle vomirait plus tard dans le lavabo. Elle aurait voulu ne plus voir la lumière surgir entre ses barreaux le matin, elle aurait voulu que les autres jours ne se lèvent jamais, pour ne pas apercevoir la beauté cruelle de la ville au loin. Les aubes la giflaient, alors elle enfonçait sa tête sous l'oreiller puant et mou pour demeurer dans sa nuit. Elle était dans un tel état que Pupetta avait eu du mal à la reconnaître. La Sourde ne parlait presque plus et ne cessait de prendre Pupetta dans ses bras et de pleurer. La prison l'avait enfermée plus en elle encore. De ses mains agiles, elle avait pourtant trouvé la force de confectionner un petit bracelet avec les fils tressés de différents tissus, dénichés dans la cellule, que Pupetta noua à son poignet. Son dévouement et sa franchise l'avaient d'emblée touchée, et leur complicité leur avait permis, sinon d'oublier la prison, de ne pas trop en subir l'emprise. Ce qu'elles avaient ri ensemble, quand elle y pensait, elles avaient formé une bonne équipe.

La perspective de rester seule en prison terrifiait Rita. Pupetta demanda à rencontrer le directeur de Poggioreale et son avocat, et elle lui fit remplir des papiers pour obtenir un allègement de peine. Et un jour, au retour de promenade, elle la surprit sur son lit en train de lire le Code civil : « Putain, j'sais pas comment tu fais pour comprendre ce baratin, toi ! » fulmina Rita en jetant le livre contre le mur. « Et c'est plus chiant que le Pater ! » Mais sa requête fut vite rejetée, et quelque temps plus tard, Pupetta découvrit son corps nu, raidi par la mort, suspendu à une corde à linge, qu'elle avait, on ne sait comment, réussi à attacher au crochet fixe du plafond. La Sourde était déjà grise quand sa camarade la vit. Sur trois de ses ongles de pied, du vernis rouge frais y était apposé. Pas sur les autres. Lorsque les matons la détachèrent pour l'allonger dans la cellule, Pupetta caressa son front et ses cheveux, comme elle le faisait souvent : « *Madonna*, accompagne-la ! » Et, de nouveau, elle eut le sentiment d'être poursuivie, quoi qu'elle fasse, où qu'elle aille, par la fatalité, une étrange malédiction. Maintenant, elle ne voyait dans ses souvenirs qu'un parterre de cadavres, un cimetière d'images sanglantes. Sa mémoire n'était plus qu'un deuil interminable. Et quand elle s'efforçait de se représenter ce que serait sa « vie d'après », elle ne pouvait s'empêcher d'imaginer un cratère immense. La perspective d'être enfin libre, de retrouver les siens, de revoir son fils la rendait joyeuse ; pour autant, abandonner les autres détenues serait un crève-cœur. Toutes celles-là avaient moins de chance qu'elle, et la plupart ne sortiraient pas avant dix ans. Elle aussi s'était habituée à la prison, à sa violence, à ses silences déchirants comme à son odeur putride, tout ce qu'elle avait fini par ne plus voir, ni ne plus entendre ni ne plus sentir, et qui resterait gravé en elle.

18.

Il n'y avait pas eu d'hiver cette année-là, et les journées de novembre, succédant à des nuits fraîches, donnaient un soleil généreux dans un ciel uniformément azur et serein. Cet hiver était un autre printemps. La ville renaissait à la fin de ces glorieuses années soixante. Même les immenses échafaudages recouvrant les palais ou les églises, même la prégnante odeur de brûlé et de goudron qui flottait dans l'atmosphère n'avaient plus rien de mortifère. Des murs s'écroulaient, d'autres se reconstruisaient aussitôt. Certes, il demeurait bien des quartiers lugubres, dévastés par la guerre, des ruelles défoncées, maladives et souffreteuses, des façades suantes d'immeubles décatis aux fenêtres desquels s'époumonaient des *mamma* et pendouillaient les lessives familiales. Mais dans la plupart des quartiers ravalés fleurissaient de nombreux commerces, et la ville, avec son ramdam continuel, sa déferlante humaine, ses trépidations saturnales, ses feux d'artifice qui postillonnent des fusées, le mouvement désordonné de la circulation, des automobiles et des *motorini*, surchargés, surgissant de nulle part, expectorant dans leur sillage des traînées bleutées de gasoil, avec sa rumeur klaxonnante et assourdissante, faite de musiques, de chants et d'interpellations, avec la lumière intense du soleil, de l'ocre au jaune tuf, en passant par le carmin et le rouge pompéien, semblait fêter le retour de la fille Maresca.

Pasqualino lui avait sauté dans les bras, mais quand elle lui parlait, il ne répondait pas, intimidé. Il venait d'avoir treize ans. Son regard était celui de son père. S'il était trop jeune pour être dans la confidence, il savait néanmoins ce qu'était la prison et l'immense sacrifice que sa mère avait dû faire pour y demeurer : Titina le lui avait expliqué. Les souvenirs de la prison l'avaient marqué, il en était devenu taciturne et en avait conservé un léger bégaiement. Cette mère, il l'observait sans rien dire, il dormait près d'elle, et il la suivait désormais partout de crainte qu'elle ne l'abandonne une nouvelle fois. En voyant son fils, c'était comme si Pupetta, la jeune mère, la jeune veuve, se réveillait d'un mauvais rêve. Elle faisait tout pour le distraire, fredonnait avec lui *Marina, Marina, Marina*, qui passait à la radio et que tous les Napolitains chantaient. Elle l'embarquait dans de longues marches aux heures où la cité s'*ensieste*, où le temps ressemble à celui de la province et où le soleil semble vaincre la mort. Elle aimait se promener dans les rues désertes, s'enivrer de lumière, regarder la mer, la ronde des nuages autour du Vésuve – ces petits bonheurs lui avaient tant manqué. Il ne lui était jamais venu à l'esprit de quitter la ville pour refaire sa vie ailleurs. Naples est une *mamma* étouffante qui enlace et ne laisse plus partir, qui protège et tue, expie et châtie, mais n'abandonne jamais les siens. Naples, c'était sa maison, là où elle avait grandi, là où elle était devenue une femme et une mère, là où elle avait assassiné un homme, été jugée et emprisonnée, là où elle était condamnée à vivre. Ce n'était pas concevable de vivre sous un autre soleil.

Néanmoins, une grande fatigue accablait Pupetta. On ne se remet pas si vite de la prison. L'angoisse montait en elle et pouvait la saisir n'importe où, au milieu de la nuit surtout. Elle se réveillait en tremblant, sans savoir où elle était, appelant Simonetti et Rita : «Je vous cherche mais je ne vous trouve plus, je vous appelle mais je ne vous entends plus. Je suis veuve de votre amour.» Si les fautes commises appartiennent au passé une fois les peines purgées, la prison, elle, reste bel et bien présente dans l'esprit et dans le corps de celui qui l'a endurée. Il faudrait du temps à Pupetta avant de reprendre une vie normale, et de ne plus sentir l'hébétude des jours. Sans Simonetti et Rita, rien ne serait plus pareil. Les morts encombreraient ses souvenirs, et les rues de Naples résonneraient longtemps de ses cris et demeureraient ensanglantées, peuplées de fantômes. Oublier serait impossible. Il lui suffisait de passer dans tel quartier, devant tel restaurant ou telle église, pour tout revoir, pour que resurgissent aussitôt, par effraction, les images de son bonheur passé, les promesses de sa première vie. Son passé semblait la provoquer, et sa mémoire continuer de purger sa peine.

À Naples, elle était devenue célèbre, elle ne pouvait plus se promener tranquillement sans être accostée par des inconnus. Surtout, elle avait encore de nombreux ennemis. Depuis son départ, d'autres clans s'étaient formés, installés dans ses quartiers. Le clan Esposito, qui n'avait d'ailleurs pas tardé à la menacer, régnait. Elle avait parfois l'impression d'être suivie et pensait que cette histoire n'en finirait jamais, que Naples la condamnerait à vivre dans une inquiétude permanente. À tout moment, et n'importe où, elle risquait de faire une mauvaise rencontre, de prendre un mauvais coup, une balle perdue, elle savait cela : s'engager à tuer, c'était aussi s'engager à mourir. Comme ce dimanche de décembre, place San Ferdinando, où elle se retrouva par hasard dans la foule compacte d'une procession et où elle ressentit une appréhension étrange, une sorte de malaise à voir défiler les imposants Cristi, portés par les fidèles des confréries religieuses. Un léger vent faisait remuer les étendards et élevait leurs chants vers le ciel, un *miserere* déchirant. Plus loin, en fin de cortège, elle apercevait d'autres fidèles, arborant de magnifiques costumes, des masques et des capirotes traditionnels, des anonymes qui pouvaient venir de clans opposés, des beaux quartiers comme des bas-fonds de la société mafieuse, du Vomero ou de Secondigliano, de Posillipo, de Forcella ou des quartiers espagnols, et qui pouvaient être aussi bien des gangsters que d'honnêtes citoyens, aussi bien des cordonniers que des banquiers, des poissonniers que des avocats, des anonymes qui imploraient ensemble la miséricorde, et qui, ainsi dissimulés, rendaient Naples un peu plus énigmatique, un peu plus ambiguë, comme si, par-delà le Bien et le Mal, la ville cherchait à confondre tous ses pécheurs anonymes. Pupetta, la jeune veuve, l'amoureuse déchue, la criminelle, se sentait piégée au milieu de la foule. Tous ces masques se mélangeaient dans son esprit jusqu'à produire une étonnante fiction, jusqu'à lui donner une impression d'irréalité, jusqu'à faire glisser dans la fosse aux songes les images de son crime.

Aujourd'hui qu'elle se retrouvait seule avec Pasqualino dans une ville devenue hostile, elle prenait conscience de ce que sa liberté avait d'aliénant. Elle était traversée de sentiments contradictoires et de doutes. Si c'était à refaire, maintenant qu'elle avait purgé treize années de prison, que choisirait-elle ? Le tuer à nouveau, se rendre justice ? Que lui avait apporté sa vengeance, sinon soulager sa propre conscience ? Elle ne lui avait pas rendu son amour. N'avait-elle pas plutôt perpétué la haine, entretenu les guerres de clans ? Et si, certes, elle s'était alors conduite comme une épouse exemplaire, passionnée, fidèle, avait-elle agi néanmoins comme une mère aimante, et pensé aux conséquences de son crime sur la vie de son fils ? La passion ne justifiait pas tout, et elle avait sacrifié la jeunesse de Pasqualino. Sans regretter son acte, elle questionnait son utilité réelle, si elle devait toute son existence le payer de remords et d'inquiétudes. Penser à son fils, c'était chaque fois revenir à ce moment décisif, à son choix coupable. Aussi, le jour de Noël, elle l'emmena pour la première fois au cimetière de Poggioreale sur la tombe de son père. L'enfant ne souffrirait pas moins de son funeste héritage, mais au moins il le connaîtrait, et pourrait lui faire face, sa mère à ses côtés.

Ce livre existe grâce au travail de toute une équipe.

Communication : Caroline Babulle, Sandrine Perrier-Replein, Typhaine Maison, Adélaïde Yvert, Inès Paulin.

Coordination éditoriale et administrative : Céline Poiteaux, Martine Rivierre.

Studio : Pascaline Bressan, Barbara Cassouto-Lhenry, Joël Renaudat.

Fabrication : Muriel Le Ménez, Céline Ducournau, Bernadette Cristini, Sophia Paroussoglou, Phousa Chantharath, Isabelle Goulhot.

Correction : Emmanuelle Coppeaux, Valérie Gautheron.

Commercial, relation libraires et marketing : Laetitia Beauvillain, Élise Iwasinta, Morgane Rissel, Perrine Therond, Aurélie Scart, Ombeline Ermeneux.

Cessions de droits : Isabelle Votier, Benita Edzard, Lucile Besse, Sonia Guerreiro, Costanza Corri.

Gestion : Sophie Veisseyre, Chloé Hocquet, Isabelle Déxès, Camille Douin.

Service auteurs : Viviane Ouadenni, Jean-François Rechtman, Catherine Reimbold.

Ressources humaines : Mylène Bourreau.

Juridique : Juliane Charbois, Laëtitia Doré, Anaïs Rebouh, Valérie Robe, Julia Crosnier.

Diffusion : Aurélia Spalacci, Nadine Eugénie, Céline Pitt, Arnaud Weill, Hervé Adamczyk, Annie Bourgade, Éric Charpentier, Gilles Couillard, Sandrine Ducrocq, Élisabeth Ehlinger, Guillaume Loras, Jean-Philippe Pilloux, Philippe Maulnier, Gilles Torché, Élisabeth Gastaldo, Jean-Pierre Stephany (Belgique), Olivier Béguin (Suisse), Emmanuelle Cadot, Virginie Godet et Caroline Pan.

Avec le soutien des équipes d'Interforum et d'Editis qui participent à la création, la diffusion et la distribution de ce livre.

Canoros Vehit Canentes

La photocomposition de cet ouvrage
a été réalisée par
GRAPHIC HAINAUT
30, rue Pierre-Mathieu
59410 Anzin

MIXTE
Papier
FSC FSC® C003309

L'éditeur de cet ouvrage s'engage dans une démarche de certification FSC® qui contribue à la préservation des forêts pour les générations futures.

Pour en savoir plus :
www.editis.com/engagement-rse/

CET OUVRAGE
A ÉTÉ ACHEVÉ D'IMPRIMER
SUR ROTO-PAGE
PAR L'IMPRIMERIE FLOCH
À MAYENNE EN JUIN 2022

N° d'édition : 64411/01 – N° d'impression : 100696
Imprimé en France